크리스마스 잉어

휴머니스트 세계문학 027

크리스마스 잉어

DER WEIHNACHTSKARPFEN

비키 바움 | 박광자 옮김

차례

일러두기

1. 번역 대본으로는 Vicki Baum, *Der Weihnachtskarpfen*(Kiepenheuer&Witsch, 1993)을 사용했다.
2. 주석은 모두 옮긴이 주다.
3. 본문 중 굵은 글씨는 원서에서 이탤릭체로 강조한 부분이다.

크리스마스 잉어

라너 집안의 아이들한테 크리스마스는 12월 6일에 시작된다. 그날 산타클로스가 왔기 때문이다. 물론 빈에서는 산타클로스가 아니라 이탈리아식 이름인 니콜라우스로 불렸다. 니콜라우스는 하얗고 긴 수염 안에다 온화한 미소를 숨긴 친절한 할아버지로, 주교님 의상을 입고 손에는 주교의 봉을 들고 있었다. 그런데 오스트리아 아이들 모두를 최고로 마음 졸이게 하는 일은 성 니콜라우스의 심술쟁이 친구, 덥수룩하고 새까만 동행자 루프레히트가 함께 오는 것이었다. 하인 루프레히트는 뿔이 달린 악마로, 까만 얼굴에 기다란 붉은 혀를 내밀고 있는데 손에는 못된 아이들을 찌르는 무서운 갈퀴를 들고 있었다. 니콜라우스하고 루프레히트는 12월이 시작되기 훨씬 전부터 쇼윈도에 등장했고, 12월 6일로 넘어가는 밤이 되면 도시에 나타났다. 그날 밤 라너 집안의 아이들은 신발을 창문에 매달아놓았는데, 고사리 같은 손이 떨리고 심장은 두근거렸다. 아이들은 최악의 일을 무서워하고 최상의 일을 고대했다. 착하게 지냈으면 아침에 대추야자, 설탕에 절인 과일, 무화과, 호두가 신발에 가득하지만, 그동안 못되게 굴었으면 성 니콜라우스가 신발에 아무런 선물도 안 넣어주고 대신 부모님이 아이의 궁둥이를 패주도록 루프레히트가 자작나무 회초리를 넣어두었기 때문이다. 라너 집안에는 아이가 셋이었다. 제일 큰아이 프리델은 눈이 푸르고 머리가 검고 두 뺨이 반짝이는 작은 말썽꾼이고, 그 아래로 쌍둥이 아니와 한스가 있었다. 아니는 명랑하고 분주해서 항상 바쁜 꼬마 아가씨였고, 한스는 조심성 많고 성실해서 그림자 같았다. 12월 6일은 이 세 명의 아이들에게 니콜라우스와 루프레히트, 사탕과 회초리의 날일 뿐 아니라 실제로 그보다 훨씬 더 중요했다. 그날 시골에서 말리 고모가 왔다. 라너 집안의 아이들은 오랫동안 말리 고모를 삼위일체에서 세 번째 인물로 생각했다. 말리 고모가 천국에서 오는지 지옥에서 오는지는 정확하게 알 수 없었다.

말리 고모는 별종이었다. 키가 크고 말랐는데 엄청 빠르고 에너지가 넘쳐서 빈으로 올 때도 기차가 아니라 로켓을 타고 온 것 같았다. 아이들의 기억 속에서 고모는 항상 백발노인이었는데, 아이들이 자라면서 학교생활의 어려움, 지저분한 피부, 헛된 공상에 잠기는 사춘기, 철부지의 첫사랑 같은 다양한 인생의 단계를 거치는 동안에도 고모는 단 하루도 더 늙지 않고 그대로였다.

말리 고모는 시골 태생으로, 신앙심이 깊고 엄격했다. 마음에 들지 않는 것을 참지 못해서 라너 박사한테도 지지 않았다. 그는 빈의 최고 외과의사로 무척 이해심이 깊지만 그 역시도 맘에 안 드는 것을 참지 못했다. 그래서 말리 고모의 기분이 어떤지 온 집안이 무서워했고, 고모의 분노를 가라앉히기 위해서 모두 필사적이었다. 말리 고모는 독재정치가 세상에 나타나기 훨씬 이전부터 독재자였다.

말리 고모가 도착해서 대형 앞치마를 두르고 주방의 권한을 이양받아야 비로소 빈에서 크리스마스 준비 업무가 시작되는 것으로, 적어도 아이들은 그렇게 생각했다. 고모가 도착하는 날 시내에는 크리스마스 시장이 적당한 자리에 펼쳐졌고, 번쩍이고 덜거덕거리며 냄새를 풍기는 노점과 가판대가 나타나 축제일 준비를 위한 갖가지 물건들을 가득 채웠다. 사탕, 초, 장식물, 약속과 흥분으로 도시가 넘쳐나는 것은 결코 우연이 아니었다.

말리 고모가 주방을 정리하고 나서 검은색 마술 보따리를 풀어 엄청난 양의 향료와 양념을 꺼내놓으면 크리스마스 냄새가 진동했는데, 이때 최고로 멋진 것은 공책이었다. 공책은 굉장히 오래됐고, 라너 집안의 야심 찬 여자들이 수 세대에 걸쳐 계속 넘겨 보고 훼손해서 여러 쪽이 거의 누더기가 되어 있었다. 그 공책은 말리 고모의 증조모인 아나 마리아 아말리아 라너 할머니가 1798년 12월 25일에 작성하기 시작했다. 지금도 첫 페이지에 날짜가 보이는데, 할머니가 장식체 글씨로 쓰고 아름답게 그림도 그려놓은 "주님께서 우리와 함께하소서"라는 문구가 아직도 남아 있었다.

할머니가 공책에 기록한 첫 번째 레시피는 구겔후프라는 케이크인데 빈에서 축하 행사 때마다 등장했다. 엄청 많은 계란과 엄청 많은 버터가 들어가기 때문에 어머니는 현기증이 난다고, 적어도 라너 부인은 현기증이 난다고 하는 메뉴였다(어머니는 라너 박사의 아내를 지칭하는데, 꼬마 한스에게 섬세하고 얌전한 태도와 온순한 어린 마음씨를 물려준 분이다). 첫 번째 레시피에 이어 아나 마리아 아말리아 할머니의 딸들과 며느리들, 그리고 대부분의 오스트리아 여성들처럼 요리 솜씨가 좋은 조카딸, 손녀, 증손녀 같은 후손들이 줄줄이 레시피를 적어놓았다.

이 공책은 상당 부분이 가문하고 시대와 고락을 함께하고 있어서 젊은 사회학자라면 석사 논문 재료로도 사용할 수 있을 정도였다. 아이들은 레시피를 적어놓은 이 공책을 어머니가 읽어주는 것을 굉장히 좋아했다. 아나 마리아 아말리아 할머니의 소박하고 작은 구겔후프에 들어간 열두 개의 계란과 2킬로그램의 버터에 관해서, 그리고 오스트리아에 생필품이 모두 동나서 당근하고 검정콩으로 케이크를 만들었던 전쟁 동안 말리 고모가 개인적으로 기입해놓은 레시피를 보면서 모두들 웃음을 터뜨렸다. 고모는 비걱거리는 냄비와 팬을 가지고 구름 같은 밀가루 속에서 엄청 열심히 일했다. 밀가루가 눈썹에 묻고 풀 먹인 하얀 앞치마에 초콜릿이 흘러내렸으며, 드러난 고모의 팔뚝은 명예로운 상처를 가진 노병의 팔뚝처럼 화상으로 얼룩졌다. 라너 부인으로 말하자면 말리 고모가 태풍 같은 엄청난 에너지로 일하고 있는 주방에 들어갈 엄두를 못 냈고, 평소에 음식을 맡은 하녀 카티는 마음이 상해 울면서 화를 내고 자기 방으로 들어가버렸다. 12월 6일에서 24일까지 몇 주 동안은 모두에게 긴장과 공포, 경악과 희망의 시간이었다.

말리 고모는 크리스마스 쿠키를 구웠다.

고모는 별 모양의 계피 쿠키와 초콜릿 링, 커다란 사기그릇에 오래 보관하면 보관할수록 더 맛이 좋아지는, 한입에 녹아버리는 아나 마리아 아말리아의 후자렌도넛을 구웠다. 파삭파삭한 갈색의 파시앙스라는 이름의 알파벳 쿠키도 구웠는데, 알파벳 전체를 다 구웠다. 그리고 하얀 생크림이 올라가는 스페인 바람이라는 이름의 푸딩도 구웠고, 마르치판, 마르멜루 젤리, 럼 트뤼프도 만들었다. 고모는 빵, 다양한 모양과 맛을 내는 갖가지 달콤한 쿠키를 구웠다. 달고 맛있는 여러 가지 이스트 냄새가 집 안 곳곳에 가득했고, 라너 집안 아이들은 입맛을 다셔가면서 열심히 기다렸다. 꼬마 아니는 가끔 주방에 들어갈 수 있는 허락을 받아 반죽을 젓거나 계란 반죽에 흰자를 덧발랐다. 훌륭한 요리사가 되려면 아주 어려서부터 일을 시작해야 했기 때문이다. 이 성스러운 제국에서 사내아이 두 명은 엄격하게 쫓겨났지만, 매일 저녁 말리 고모는 두 아이가 기대에 차서 기다리던 작은 과자 샘플을 갖다주었다. 잉어를 사기 위해 고모를 따라 시장에 가는 날은 최고의 하루였다. 요리하고 과자를 구으며 크리스마스를 준비하는 엄청난 소란은 날이 갈수록 더 요란해져서 빈에서 **파스텐**•이라고 부르는 시기에는 최고조에 달했다. 파스텐은 크리스마스이브에 크리스마스 잉어가 식탁에 오를 때 절정이었다.

잉어를 사 오는 일은 모두가 몸이 달아 기다리는 행사였다. 더 일찍도 안 되고, 딱 12월 24일 아침에 아이들은 말리 고모와 함께 시장에 갔다. 카티는 시장에 나온 최고의 잉어를 구

• 사순절. 금식 기간으로, 보통은 부활 대축일로부터 사십 일을 역산한다. 하지만 여기서는 크리스마스 이전의 사십 일로, 12월 24일이 절정이다.

입하는 중요한 전투에서 후방의 자문 겸 지원 인력이었다. 빈의 가정은 모두 크리스마스이브 식사에 최고의 잉어를 식탁에 올리려고 집집마다 노련한 쇼핑단을 시장에 내보냈기 때문에 잉어를 사려고 밀치고, 소리쳤으며, 낚아채는 일은 격렬하고 처절했다. 시장에는 수천의 잉어가 수조나 자배기 안에서 뒹굴고 철벙거리고 몸부림쳤다. 통통하고 힘 좋고 기름진 은빛 물고기들이었다. 말리 고모는 단단하고 힘센 팔뚝으로 완벽한 슈퍼 잉어를 찾아 계속 이 수조에서 저 수조로 길을 헤치며 앞으로 나아갔다.

그건 네 줄의 은빛 비늘만 빼고 완벽하게 말끔한 비단잉어여야만 했다. 크기가 커야 하지만 너무 나이 먹은 것은 안 되는데, 잘못하면 좀 짰기 때문이다. 반드시 수컷이라야 하는데, 다 자란 수컷 잉어의 알 뭉치는 그것만으로도 최고 음식인 까닭이었다. 아가미는 빨개야 하고 눈은 튀어나오고 생기가 돌아야 했다. 시장의 잉어는 모두 활기와 힘에 넘쳤다. 말리 고모가 드디어 제대로 된 놈을 발견해 잉어가 손안에서 꼬리를 흔들면서 튀어 올랐다가 서커스단의 공중그네 선수 같은 탄력과 우아함으로 제자리로 돌아오면, 고모는 큰 소리로 웃으면서 야코프 피슈 아저씨가 요구하는 생선값을 모두 지불했다. 말리 고모는 언제나 마지막에 야코프 피슈 가게에 가서 잉어를 샀다. 거기서 최고의 잉어를 팔았다. "생선이라면 내가 모르는 게 없지. 내 성이 바로 피슈•니까"라고 아저씨가 말했는데 그건 매해 되풀이되는 농담이었다. 그는 확실히 생선에 관해서는 모르는 게 없었다. 넓은 잉어 양어지에서 물을 뺄 때면 최고의 물건을 찾아서 헝가리와 체코까지 갔다. 시장 최고의 생선 상인인 그가 유대인인 것에 아무도 신경 쓰지 않았다. 오스트리아에서 유대인들만큼 크리스마스를 열정적으로 축하하는 사람들은 없었다. 그들은 크리스마스 아침 미사에까지 참석했는데, 예배가 너무 훌륭하고 음악이 너무 아름다웠기 때문이다.

그다음 용무는 잉어를 죽이는 것으로, 그건 쌍둥이 동생들이 무서워하고, 프리델이 좋아하는 일이었다. 야코프 피슈 아저씨가 목재 도끼로 잉어를 때려서 정신을 잃게 한 다음 배를 갈라서 알 뭉치하고 간을 꺼냈다. "조심해요. 쓸개 조심하세요"라고 말리 고모하고 카티가 매번 소리쳤는데, 그때마다 야코프 피슈 아저씨는 약간 거만하게 말했다. "사모님들, 나로 말하면 여러분들이 포대기에 싸여 있을 때부터 잉어를 잡고 손질했습니다." 그 말에 카티는 킥킥댔고 말리 고모는 큰 소리로 웃었는데, 아니한테는 그것이 이제 잉어가 확실하게 죽었으니 두 손을 눈에서 떼도 된다는 신호였다. 끔찍스러운 일은

• 생선.

카티가 집으로 들고 오는, 파슬리가 가득한 장바구니 속에서 완전히 죽은 잉어가 아직도 몸을 흔들면서 떠는 것이었다.

"바보같이 굴지 마." 프리델이 여동생에게 말했다. "이건 그냥 반사작용이야." 프리델은 개구리를 죽이고 동물을 해부하는 일이 아무렇지도 않았는데, 아버지가 외과의사이고 언젠가 그 역시 외과의사가 될 생각이었기 때문이다. 일행이 집에 돌아오면 집 안은 크리스마스트리와 축하 분위기로 가득했다. 그날 오후 아이들은 방에 갇혀 끝없이 기다려야 했다. 프리델은 함께 도미노 게임을 하면서 시간을 보내주려고 동생들한테로 내려갔다. 드디어 날이 저물었다. 드디어 아이들을 씻기고 옷을 갈아입힌다. 드디어 어머니가 머리를 방 안으로 디밀고 아기 예수가 선물을 가져온 것 같다면서 너무 시끄럽게 굴면 안 된다고 나지막이 말한다. 드디어 크리스마스 종이 울리면 아이들은 거실로 달려가 기쁨에 들떠서 문 앞에 섰다.

거실에는 정말 커다란, 높이가 거의 천장까지 이르는 크리스마스트리가 있었다. 트리의 우듬지에는 작은 천사 하나가 반짝이고, 트리의 맨 아래 가지 밑에는 작은 마구간이 놓여 있었다. 구유에는 아기 예수가 누워 있는데 마리아는 아기 옆에 무릎을 꿇었고, 요셉은 그 뒤에 서 있었다. 동방박사 세 사람, 목동, 황소, 작은 노새와 천사들도 여럿 있는데 모두 아기 예수를 바라보았다. 트리의 가지에는 사과와 황금빛 호두와 함께 파시앙스, 스페인 바람, 초콜릿 링, 별 모양 계피 쿠키 같은 말리 고모의 작품들이 가득했다. 그리고 엄청 많은 밀랍 초를 밝혀서 밀랍의 달콤한 향기가 라너 집안의 아이들에게 크리스마스이브를 완벽하게 완성시켰다. 카티는 보초병처럼 빳빳하게 서서 커다랗고 붉은 두 손에다 젖은 행주를 들고 나뭇가지에 불이 붙을까봐 살피고 있었다. 검은 실크로 휘감고 백발 머리에 엄청 큰 갈색 가발을 얹은 고모가 근엄한 목소리로 아이들에게 노래 시작을 지시하면 아이들은 서로 손을 잡고 고음으로 노래를 부르기 시작했고, 아이들 눈에는 수천의 밀랍 초가 반사하는 불빛이 반짝였다. 아이들은 너무나 긴장하고 초조해했다. 벽 앞에 다마스크 천을 덮은 식탁 세 개가 놓여 있는데 식탁 아래에 선물이 숨어 있기 때문이었다. 쌍둥이 중에서 일반적으로 동생으로 인정받는 아니가 〈누가복음〉을 암송하면, 식탁을 차리는 것이 허락되었다. 대개는 라너 박사가 피아노에서 일어나 "지극히 높은 곳에서는 하느님께 영광, 땅에서는 선한 사람들에게 평화"라고 말하고, 이어 "자, 개구쟁이들, 이제 시작하자"라고 외치면 긴장 상황은 갑자기 끝났다. 그 선언으로 크리스마스 축하는 끝나고 다음부터는 완전히 유흥이었다. 아이들은 식사와 함께 달콤한 과실주를 마셨고 라너 박사는 재미있는 건배사를 했다. 수프를 먹는 동안 말리 고모는 감상에 젖어 고인이 된 남편을 추억했고 그러면서도 주방을 계속 왕래했는데, 잉어 요리를 고모가 들고 오는 것이 전통인 까닭이었다. 고모가 잉어를 들고 오면 손으로 장미 무늬를 그린 빈의 오래된 쟁반 위에 산더미처럼 잉어 요리가 쌓여 있었다. 아이들은 유리잔을 나이프로 두드리면서 발을 구르고 괴성을 질렀다. 1년 내내 돈이 넉넉하라고 박사는 비늘 몇 개를 돈지갑에 넣었고, 라너 부인은 "자, 어서들 먹자. 얘들아, 이야기는 그만하고 생선 가시 조심해라"라고 말했다.

일부는 화덕에, 일부는 잉어 요리의 성공에 얼굴이 빨개진 말리 고모는 이제 긴장을 풀고 다시 한번 시골에서 크리스마스가 어떤지 이야기를 시작했다. 시골 사람들은 자정 무렵에 모두 작은 등불을 들고 눈이 내린 언덕을 넘어 미사에 가는데, 교회에서 발이 얼지 않도록 각자 털 실내화를 가지고 간다는 이야기였다.

아이들은 그런 얘기가 조금도 싫증 나지 않았고, 이 모든 것이 맛있는 잉어 요리와 달콤한 과실주의 따스한 온도, 밀랍초의 향기, 거실 탁자에 놓인 선물, 과식에서 오는 묘한 기분과 어울려서 크리스마스이브의 넘쳐나는 즐거움과 화려함으로 용해되었다.

이런 일이 일어나고, 저런 일이 일어났다. 그러다 **합병**•이

됐다. 그리고 전쟁이 났다. 라너 박사는 조용해졌고, 언제나 조용한 라너 부인은 두 손이 조금씩 불안하게 떨리고 눈꺼풀도 조금씩 경련을 일으켰다. 프리델은 비행사가 되었는데, 그는 추락 사고 이후 좀 이상해진 것 같았다. 젊은 그에게 폭탄 공격의 압박감은 너무 부담스러워 보였다. 아니는 소위와 약혼했다. 그는 점령지인 프랑스에 주둔하고 있었다. 약사가 될 한스는 탄약 공장에서 일했다. 너무 마르고 키만 커서 아버지는 한스의 폐가 온전치 못할 것을 걱정했다.

그렇다. 모든 것이 변했다. 말리 고모만 빼고. 고모는 12월 6일이 되면 검은 보따리와 공책으로 무장하고 빈에 나타나 주방으로 들어가서 일을 시작했다.

"그 공책은 이제 집에 놔두세요"라고 라너 부인이 절망적으로 말했다. 그러자 라너 박사가 옛 오스트리아 속담을 덧붙였다. "말똥으로는 사과케이크를 만들지 못하는 법."••

"이 공책에는 전쟁 때 당근케이크 만드는 옛날 레시피도 있어." 말리 고모가 지지 않고 말했다. "그리고 콩케이크도 만들 수 있어. 자허토르테•••만큼 맛있어."

● 나치 독일의 오스트리아 합병.

●● 말똥(Pferdeapfel)은 '말(Pferd)'과 '사과(Apfel)'의 합성어이고, 사과케이크(Apfelkuchen)는 '사과'와 '케이크(Kuchen)'의 합성어라는 데서 유래한 것이다.

"난 콩은 그냥 콩으로 먹는 게 더 좋아요. 콩케이크는 이상할 것 같네요." 박사가 대꾸했다.

"버터기름••••도 가져왔어"라고 말리 고모가 말했다. "적어도 크리스마스이브에 잉어 요리는 먹을 수 있어. 그게 중요하지."

"잉어요? 말도 안 돼요." 라너 부인이 말했다. "시장에 잉어는 한 마리도 없어요. 빈을 통틀어서 올 크리스마스에 잉어는 한 마리도 구할 수 없어요."

"알아, 알고 있어." 말리 고모가 말했다. "그래서 내가 한 마리 가져왔지."

"무얼 가져와요?"

"잉어를 한 마리 가져와서 주방 양동이에 넣어놨어."

"잉어가 어디서 났어요?" 존경심과 경탄에 압도되어 라너 부인이 힘없이 물었다.

"오랜 친구한테서 구했지, 어디서 구하겠어? 야코프 피슈한테서 구했어. 유대인이라 이제 시장에는 매대가 없지만 잉어를 개인적으로 구할 수는 있으니까. 헝가리 국경 너머에 사는 친척한테서 잉어를 구해 온대. 썩 좋은 잉어는 아니야. 지금

••• 살구잼을 곁들여 만드는 오스트리아의 초콜릿케이크.

•••• 버터의 대용으로 주로 튀김에 사용된다.

은 전쟁 중이라 크리스마스에 잉어를 구할 수 없으니 크리스마스까지 잉어를 잘 살려둬야 해."

"그럼요. 그건 쉽죠. 안 그래요?" 라너 부인이 씁쓸하게 대꾸했다. "잉어를 방 넷짜리 집에서 삼 주 동안 기른다고요? 잉어를 어디다 모셔두나요?"

"욕조에 두지, 뭐." 말리 고모가 말했다. 머리부터 발끝까지 승리감에 넘치는 주방의 사령관이었다.

그 잉어는 어리고 가늘고 아가미가 창백해서 빈혈기가 있었다. 배는 홀쭉해서 알도 알 뭉치도 없고, 말리 고모가 욕조에 옮겨 넣는데도 꼬리만 한 번 약하게 찰싹거릴 뿐이었다. 그래도 어쨌든 잉어였고, 모두의 예상과 어긋나게 보란 듯 살아 있었다. 잉어는 새로운 거처가 마음에 든 모양이었다. 고모는 열심히 금붕어 먹이를 주면서 잉어의 몸무게가 늘어나고 있다고 주장했다. 잉어가 식구들을 알아보고, 이름을 부르면 다가온다는 주장까지 했다.

라너 박사는 잉어에게 아달베르트라는 이름을 지어주었는데, 의사와 잉어는 서로 좋아하는 관계였다. 박사는 매일 아침 욕조로 가서 냉수를 틀었다. "미안해, 아달베르트." 그가 말했다. "싫은 거 아니지?" 아달베르트는 싫지 않은 듯했다. 오히려 반대로 구식 욕조에 흘러내리는 차가운 물을 좋아하는 것 같았다. 잉어는 욕조 안에서 힘차게 원을 만들면서 한

바퀴 돌았다. 튀어나온 잉어의 눈은 사랑을 가득 담은 채 욕조에 담긴 박사의 두 발을 바라보았다. 아침 식사 후에는 말리 고모가 잉어에게 먹이를 주었고, 그 한 시간 뒤에는 아니가 욕조의 물을 갈아주었다. 그동안 아달베르트는 얌전히 지느러미만 살짝 흔들었고, 아니가 배를 간질이는 것을 허락했다. 한스는 면도하는 동안 아달베르트가 자기를 쳐다보면서 미소를 보낸다고 말했다. 살아 있는 잉어가 아름답고 깨끗한 욕조를 독차지한 것을 용인하는 데 거의 일주일이 걸린 라너 부인도 결국은 아달베르트한테 익숙해져서 쌍둥이가 세 살이 된 후로 한 번도 한 적이 없는 옹알이를 잉어한테 할 정도였다. 부인은 점점 더 잉어와 단둘이 보내는 시간이 많아졌고, 잉어와 친하게 지내는 것이 신경의 긴장을 푸는 데 도움이 된다고 남편에게 고백한 적도 있었다. 아달베르트가 욕조에서 지내는 동안 모두들 온수 목욕은 할 수 없었다. 하지만 새 상황에 적응을 해서 토요일 오후 두 시간 동안만 온수를 틀었고, 아달베르트는 라너 집안 식구들한테 특별히 방해되지 않았다.

크리스마스가 다가올수록 식구들은 잉어에게 마음을 뺏겼다. 잉어는 유일한 것, 비밀스러운 기쁨, 숨겨놓은 보물, 커다란 자부심이었다. 엄격한 배급이 시행되고 있는 빈에서 크리스마스이브에 잉어 요리를 먹을 수 있는 사람은 거의 없었다.

그런데 아달베르트를 거대하게 쌓아 올린 생선 요리, 장미 무늬가 있는 큰 접시에 놓인 황금빛의 최고 요리로 상상하는 것이 점점 더 힘들어졌다. 그리고 아달베르트가 식구 전체한테 넉넉한지도 걱정이었는데, 프리델뿐 아니라 아니의 약혼자인 파울까지 휴가를 받아 집에 오는 까닭이었다. 아달베르트는 두 사람에게 정식으로 소개되었다. 잉어는 두 사람을 좋지 않은 표정으로 훑어봤다. 프리델은 잉어에 마음이 끌렸지만, 파울은 잉어를 요리하지 말고 그냥 두었으면 좋겠다고 중얼거렸다. 하지만 그 역시 아달베르트가 작은 재주를 부리자 잉어에게서 눈을 떼지 않았다. 박사가 샤워 꼭지를 틀면 잉어는 튀어 올랐다가 원을 그리며 헤엄쳤고, 말리 고모가 이름을 부르면 알아듣는 것 같았다. 그리고 아니가 배를 간질이는 것을 허락했다. 욕실을 나오면 식구들은 크리스마스이브에 잉어 요리를 먹을 수 있다니 굉장한 일이라고, 아주 맛있을 것이라고 서로 이야기를 나누었다. 하지만 이 억지 행복에는 작은 그늘이 져 있었다.

고통스러운 일은 12월 24일 아침에 시작되었다. "누가 잉어를 잡아줄 거야?" 아침 식사 중에 말리 고모가 물었다. 잉어의 이름을 부르지 않았는데, 아달베르트와의 모든 개인적인 관계를 끊을 생각인 것 같았다.

"고모, 제발." 피를 보지 못하고 생각만 해도 속이 이상해지는 아니가 눈물을 흘리면서 약간 창백해졌다. "뭐라고? 먹을 생각이면 죽여야만 해." 고모가 냉정하게 말했다. "너는 어때?" 고모가 박사에게 시선을 돌렸다. "외과의사니까 어떻게 하는 건지 잘 알 거야!"

"죄송하지만 제가 시간이 없네요." 박사가 중얼거리면서 얼른 사라졌다. 아니는 아빠보다도 먼저 방을 나갔다.

"저기, 한스는?"

"그런 생각은 해본 적이 없는데요. 아달베르트하고 저는 친구예요. 저는 빼주세요, 고모님."

"파울은? 프리델은?"

군복을 입은 늠름한 두 젊은이들은 거절했다. 할 수 없다고 말했다. 어린 생명을 죽일 수 없다고 했다. 그러자 말리 고모는 화가 폭발했다. "도시를 폭격해서 불바다로 만들 수 있으면서 너희는 작은 물고기 하나 못 죽이는 졸장부들이냐!"라고 소리쳤다. 두 장교는 어깨를 으쓱했다. "말리 고모님, 그건 다른 얘기예요." 프리델이 부자연스럽게 미소하면서 말했다. "우리는 잉어하고 전쟁하진 않아요."

결국 말리 고모는 카티에게 이 일을 해결하라고 명했고, 카티는 중얼중얼 항의하면서 욕실로 들어갔다. 잠시 괴로운 적막이 흘렀고 그 뒤에 이상하게 철썩대는 소음이 나더니 이어 비명이 들리고, 철썩, 또다시 철썩 소리가 났다. 말리 고모가 카티를 도와주러 들어가보니 카티는 완전히 젖은 몸으로 욕을 하면서 욕조 안에 들어가 있고 아달베르트는 리놀륨 바닥에서 몸을 뒤집으며 펄떡거리고 있었다. 고모는 뭔가 불친절한 말을 내뱉은 다음 차가운 욕조에서 카티를 꺼내고 잉어를 다시 욕조에 넣었다. 그런 다음에 이를 갈면서 망치하고 칼을 들고 욕실로 들어가 문을 닫아버렸다.

아달베르트가 어떻게 됐는지 아무도 감히 고모에게 물어보지 못했다.

저녁에 트리 주변에는 밀랍 초도 없고, 쿠키도 파시앙스도 스페인 바람도 없었다. 작은 탁자 위에 놓인 선물은 초라했고 탁자를 덮은 다마스크 천은 너무 낡아서 라너 부인은 미안해했다. 아니가 복음을 암송할까요, 하고 아버지한테 묻자 박사는 힘없이 절망적인 손짓만 했다. 식구들은 모두 식당으로 들어가서 앉았다.

버터가 지글지글하면서 축제 음식 냄새가 났고, 박사는 일어나서 음식을 끌어당겼다. "냄새가 좋지?" 그는 두 손을 비볐다.

한스가 "자, 아달베르트가 들어옵니다"라고 어색하게 말하자 적막이 뒤따랐다. 그 말은 안 하는 편이 더 나았다. 문이 열리고 말리 고모가 들어왔는데 장미 무늬가 있는 커다란 접시를 높이 치켜들고 있었다. 거기에는 약소한 아달베르트의

사체가 갈색으로 바싹 튀겨져서 완벽하게 놓여 있었다. 모두들 눈을 내리감았고, 아니는 창백해져서 식탁 아래 약혼자의 손을 잡았다. 프리델이 어렸을 때처럼 유리잔을 두드리면서 환호성을 지르는 노력을 좀 해봤지만, 잔을 두드리는 미약한 소리는 금방 사그라들었다.

"한 조각들 먹어. 양은 충분해." 말리 고모가 재촉했다. "여기 가운데를 먹어라. 어서들 먹어, 어서. 최고의 음식이야. 신선한 버터기름에 튀겼어. 자, 파울, 프리델, 아니야, 어서들 먹어. 빈에서 오늘 저녁에 잉어 요리를 먹을 수 있는 사람은 많지 않아."

모두들 먹어보려고 노력했지만 모두들 포기했다. "난 못 먹겠어"라고 외과의사가 말했다. "하느님, 맙소사, 난 못 먹겠어. 잉어는 날 알아보고, 날 좋아했어. 오늘 아침까지만 해도. 내가 욕조에다 냉수를 틀면 첨벙대면서 얼마나 좋아했는지 모두들 한번 봤어야 해."

"외과의사가 뭐 이래!" 말리 고모가 화를 내면서 말했다. "한스, 넌 어때?"

"네, 고모님, 전 배가 안 고파요."

"프리델은? 아니는 어때?"

"못 먹겠어요. 정말이지 전 못 먹겠어요, 말리 고모님."

"그럼 파울은?"

"네, 전 잉어를 한 번도 먹어본 적이 없어요."

젊은 비행사, 젊은 장교, 젊은 약사까지 모두가 접시를 밀어내고 포크를 내려놓았다. 그러자 전혀 예상치 못했던 일이 일어났다. 말리 고모가 울기 시작한 것이다.

말리 고모가, 바위가, 무쇠 여장부가, 주방의 사령관이 두 팔을 식탁에 올린 채 얼굴을 묻고 큰 소리로 흐느꼈다. 라너 집안의 아이들은 마치 자연재해가 일어난 것처럼, 지진이 일어나고 둑이 무너지고 허리케인이 온 것처럼 고모를 바라보았다. 모두들 고모의 어깨를 두드리고 갈색의 가발 머리를 쓰다듬으면서 위로하느라고 애를 썼다. 드디어 고모가 흐느끼며 하는 말이 들렸다.

"우리가 왜 잉어를 죽였지? 말해봐. 왜 잉어를 죽인 거야?" 말리 고모가 흐느꼈다. 식구들은 서로 쳐다보다가 말없이 박사를 바라보았다. 그는 의자에 꼿꼿이 앉아 접시 너머를, 식탁 너머를, 방 안 구석구석을, 보이지 않는 망망한 허공을 바라보았다. "맞아. 왜 죽이지? 왜? 왜?"

그가 크리스마스 잉어를 말하는 건지 뭔지 잘 알 수가 없었다.

길

1

아직 괘종시계가 울리지 않았지만 친칸 부인은 무서움에 기겁하며 잠에서 깨었다. 꿈은 여운을 남긴 채 무겁고 불길한 유령처럼 그녀의 뜬눈 앞을 스치며 사라졌다. 그녀는 먹먹한 상태로 방을 둘러보았다. 아직도 어둠침침했고, 낯설고 마음에 안 드는 물건들로 가득했다. 아침 어스름 속에서 창문이 모습을 드러냈고, 물기에 젖은 유리창이 서서히 밝아왔다. 옷장 거울 안에 밖의 뿌연 반사광이 갇혀 있었다.

옷장에 생각이 미치자 친칸 부인은 잠에서 완전히 깨었다. 잠이 들 때 옷장을 생각했기 때문에 괘종시계가 울리기 전부터 그녀를 잠에서 깨운 것이 옷장인 것 같았다. 머릿속 모터가 회전을 하다가 어제 멈춘 지점에서 다시 성실하게 돌기 시작했다. 머리가 조금 아파왔다…….

옷장으로 말하자면 누가 봐도 너무 작고 오래전부터 용량이 넘쳐서 더 이상 사용할 수 없었다. 옷 칸이 하나에 내복 칸이 하나인 장롱으로, 확실히 실용적인 가구이지만 이제는 아이들이, 오토와 마리아네가 다 커서 기다란 견진복 바지, 운동복, 넥타이, 댄스복, 니트 재킷, 딸의 무명 속옷을 넣을 공간이 더 필요했다. 옷걸이에 걸어야 하는, 어떤 경우에도 깔끔하게 손질해서 다림질해둬야 하는 옷, 그리고 친칸 부인이 손수 코바늘로 뜨개질한 옷도 있었다. 접어서 서랍에 보관해야 하는 옷도 있고, 공간의 여유가 있는 상자에 보관해야 하는 까다로운 물품도 있었다. 친칸 부인은 식구들의 다양한 옷을 정리할 때 필요한 방식과 각 물품을 잘 보관할 수 있는 관리 방법을 미세한 통증이 있는 눈을 감고도 훤히 알고 있었다.

너무 좁아서 넘쳐나는 옷장 안은 혼란스러웠다. 훌륭한 주부인 친칸 부인은 옷장 생각만 하면 거의 육체적으로 고통스러웠다. 누워서 옷장을 떠올리면 온몸이 알 수 없는 묘한 통증에 시달렸다. 그래서 그녀는 어제저녁, 반쯤 잠이 든 채로 옷장을 새로 사기로 결정했다. 될 수 있는 대로 오늘, 뿌연 창으로 아침이 밝아오고 비가 올 것 같은 이번 월요일에 살 생각이었다. 그렇게 결정했던 것이 기억나자 부인은 통증이 사라지고 흥분과 책임감의 행복한 감정에 사로잡혔다. 친칸 부인은 두 손을 앞에 모으고 계산을 시작했는데, 눈동자를 집중하고 얼굴을 너무 긴장시킨 나머지 거의 바보 같은 표정이 되었다.

또다시 괘종시계가 울렸다. 그러자 친칸 씨가 침대에서 신음하고 끙끙대며 한숨을 쉬더니 마른기침을 시작했다. 그는 천식으로 고생했다. 여느 아침처럼 십 분간 기침을 했고, 부인은 걱정스러워서 머리를 가로저었다. 그때 옆방에서 시계가 일곱 번 울렸다. 친칸 씨가 눈을 감은 채로 발을 침대 밖으로 내밀어 실내화를 낚아 올렸다. 이번 월요일에 이상하게 몸이 무거운 친칸 부인도 일어났다…….

친칸 부인의 일은 다음과 같다. 일어나 서둘러 옷을 입는데, 기침하고 있는 남편보다 먼저 준비를 끝낸다. 그러고는 아이들, 김나지움 학생인 오토와 상업학교에 다니는 마리아네를 깨운다. 굼뜬 어린 하녀를 흔들어 깨우고, 주방으로 가서 가스 불에다 아침 식사 준비에 필요한 물을 올린다. 사방이 추워서 입에서 작은 입김이 나온다. 빵을 준비하고, 반짇고리를 가져와 떨어진 단추를 단다. 그리고 잠에 취한 하녀를 다시 한번 깨우고, 아침 식탁을 차린다. 남편과 아이들을 챙겨서 늦지 않게 내보낼 때까지 부인은 아침이면 신경과민으로 손가락이 조금 떨린다. 그런 뒤에는 조금 편해진다. 가계부를 자세히 훑어본 후에는 오늘 하루의 계획을 세운다. 카나리아 새장을 청소하고, 꽃에 물을 준다. 침실 청소를 하는데, 추워서 손이 파래진다. 거실의 먼지를 턴 뒤에는 일을 어설프게, 반밖에 할 줄 모르는 굼뜬 어린 하녀를 꾸짖는다. 그런 뒤 석탄 보일러 앞으로 석탄 양동이 나르는 일을 돕는다. 그녀는 이 까다롭고 힘겨운 난방 작업을 감독한다. 그런 다음 낡은 방수 모자를 머리에 쓰고 헌 옷 안감으로 만든 장바구니를 들고 오늘 값싼 생선이 나오는 시장으로 간다. 가득 든 무거운 장바구니를 들고 서둘러 집으로 돌아와서는 하녀를 야단치고, 깨끗하지 않은 복도를 손수 왁스로 닦는다. 그러고는 음식을 한다. 오후에 어딘가를 가야 하는 마리아네의 블라우스를 다림질한다. 다시 음식을 한다. 친칸 씨 집은 세 번으로 나눠 식사를 한다. 마리아네는 1시에 돌아와서 3시에 다시 나간다. 오토는 2시 반에 와서 4시에 다시 나간다. 친칸 씨는 4시가 지나서 집에 와 잠을 잔다. 하루 종일 끝없는 이 생활 방식에 하녀가 불평을 한다. 그래서 설거지는 부인이 손수 한다.

그녀는 남편의 속옷을 깁고, 김나지움 학생인 아들의 숙제를 봐준다. 뒷방 재봉틀 앞에 앉아 여섯 개의 침대보를 세 개로 만들고, 원피스를 잘라 마리아네가 입을 만한 것을 만드는데, 손가락이 떨린다. 옷의 칼라는 풀을 잘 먹여 다림질한다.

그러고는 저녁에 먹을 빵을 준비한다. 가계부를 다시 들여다보는데 묘하게 긴장한 표정이 얼굴에 다시 나타난다. 그리고 한숨을 쉰다. 친칸 씨는 꼼짝 않고 신문을 보면서 몇 번 하품을 한다. 친칸 부인도 피곤하다. 하지만 그녀는 친구 집에 간 오토가 돌아오기를 기다린다. 손에는 일거리를 들고 있다. 부인은 계속 마리아네의 옷을 뜨개질하면서 사야 할 옷장을 생각한다.

그렇다. 이 엘리자베트 친칸 부인에게는 특별한 것이 하나도 없다. 똑같은 하루의 일을 하는 수십만 부인 중의 한 사람일 뿐이다. 부인은 크지도 작지도 않아서 연약해 보일 정도다. 밉지도, 그렇다고 예쁘지도 않다. 젊지도, 늙지도 않았다. 불행하지도, 그렇다고 행복하지도 않다. 그녀는 종종 자신의 머릿결이 예전엔 참 좋았었다고 말한다. 때로는 거실에 조용히 서서 젊은 남편의 사진을 들여다본다. 일 때문에 거칠어진 자신의 두 손을 내려다보면서 미소 지을 때도 있다. 크림을 사야지, 하고 생각하지만 자꾸 잊어버린다. 아주 드물게 그녀가 저녁에 조그마한 책장으로 가서 책 한 권을 꺼낼 때가 있지만, 대개는 세 쪽 만에 잠이 든다. 아니면 피아노 앞에 앉아 한동안 양손을 무릎에 얹었다가 화음 하나를 누르고 여운이 떨리며 사라질 때까지 한참 동안 귀를 기울이기도 한다. 아이들은 그걸 보고 몰래 웃는다. "사는 게 힘들다." 친칸 부인은 가끔 말한다. 하지만 그건 원래 그녀의 말투일 뿐이다…….

사는 게 수월한 날도 있는데, 그런 날은 모든 일이 착착 매끄럽게 진행된다. 하지만 친칸 부인이 새 옷장을 사려고 외출한 월요일은 그렇게 편안한 날이 아니었다. 무엇보다도 너무 일찍 갑자기 잠이 깨서 머리가 이상하게 멍했다. 게다가 비가 끊임없이 절망적으로 내리고 바람까지 불어서 그때마다 계속 등이 으슬으슬하게 추웠다. 그런데도 부인은 우산을 폈고 마음을 가다듬으며 집을 나섰다. 수중에 있는 90마르크로 어떤 것을 사야 할지 정확하게 알고 있었다. 세 칸으로 나뉜 옷장이 필요한데, 두 칸은 옷을 개켜 넣을 곳이고, 한 칸은 옷을 걸어놓을 공간이었다. 서랍과 가능하면 거울까지 있으면 더 좋을 것이다. 돈이 된다면 침실하고 어울리게 밤나무 목재로 된 것이 좋은데, 그런 경우 헌 옷장은 복도에 내놓으면 된다. 흰색 칠을 한 옷장이라면 마리아네의 방과 어울릴 것이다. 최악의 경우에는 아무렇게나 생긴 커다란 옷장을 사서 어두운 복도 구석에 세워두면 된다. 하지만 그 생각을 하면 부인은 알 수 없는 몸의 통증을 느꼈고, 위가 불편했으며, 이상한 구토까지 일었다.

친칸 부인은 집에서 나와 옷장을 보러 갔다. 일단 중심가에 있는 이름난 가구점으로 갔는데, 거기서는 낱개 옷장은 안 팔고, 방 하나에 들어갈 세트로만 판매했다. 두 번째 가게는 물건이 다양하지 않고 가격도 비싸 보였다. 외진 구역에 위치한 세 번째 가게는 형편없는 물건인데도 제일 저렴한 옷장이 300마르크였다. 그녀는 터덜터덜 구도시로 돌아와서 보잘것없는 가게에서 90마르크짜리 옷장을 발견했는데, 너무 작고 마음에 안 들어서 구매하고 싶지 않았다. 다시 변두리로 나온 그녀는 아교 냄새가 나는 가구 공장의 뒷마당에서 갈색으로 전 팔뚝에다 문신을 한, 계속 힐금대는 사람한테 원하는 물건을 설명하고 90마르크 정도로 새 옷장을 살 수 있는지 물었다. 그녀는 이미 지친 상태였다. 우산에서는 빗물이 주룩주룩 흘러 바닥에 떨어지고 모자에서도 빗물이 떨어졌다. 간간이 등에 살짝 찌르는 것 같은 경련이 났다. 가구상은 커다란 연필로 종이 위에다 이리저리 계산을 했다. 호두나무 옷장은 600마르크, 하얗게 래커 칠을 한 것은 300마르크, 아주 싸게 해도 150마르크였다. 하지만 그녀에겐 다 털어봤자 90마르크밖에 없었다. "남편하고 얘기 좀 해볼게요." 친칸 부인이 애매하게 말했다. 너무나 피곤했다. 잠시 멍하니 그곳에 앉아 초라한 공장 창문을 흔들고 지나가는 소음에 귀를 기울였다. 구도시로 돌아오는 길에는 전차를 탔다. 젖은 사람들이 엉켜서 김이 나와 숨쉬기가 힘들었고 어지러웠다. 친칸 부인은 정류장에서 집으로 걸어와 하녀에게 잔소리를 하고 세 차례의 점심 식사를 감독했다. 자신은 배가 고프지 않았다. 그녀는 옷장만 생각했다. 남편하고 얘기를 해봤지만 아무 도움도 되지 않았다. 90마르크밖에 없는데 옷장은 꼭 사야 한다. 옷장은 중요하다. 그런데 다른 문제가 또 생겼다. 음식 냄새가 역겨웠다. 난로에서는 연기가 나고, 오토는 신발이 또 해져서 젖은 발로 들어왔다. 친칸 부인은 정신을 가다듬고 새 구두창 가격을 알아보았다. 오늘 그녀의 생각은 좀 이상하게 흘러갔다. 무겁고 아픈 머리에 하루 종일 여러 생각이 끊이지 않았다. 몸이 너무 추워서 셔츠를 껴입은 다음 그녀는 다시 옷장을 알아보러 집을 나섰다.

그녀가 필요한 물건을 지저분한 작은 골목길에 있는 경매인한테서 찾은 것은 저녁 6시였다. 세 칸으로 되어 있는 하얀 래커 칠을 한 옷장인데, 흠이 난 중고품으로 거울은 없고 흔한 손잡이가 달려 있었다. 그래도 깔끔하고 쓸 만한 가구였다. "이 옷장은 내일 3시경에 경매에 나갑니다"라고 경매인이 말했다. 장애가 있는 건 아닌데 장애인처럼 보이는 노인이었다. "80마르크에서 100마르크 정도에 낙찰될 겁니다."

친칸 부인의 심장이 요동쳤다. 그녀는 옷장 주위를 돌아보고 사방을 점검했다. 해진 곳을 메운 면장갑으로 래커 칠을 한 낡은 부분을 뽀드득 소리가 나도록 문질러보았다. 옷장은 괜찮았지만 마음에 들지는 않았다. "안에 해충 같은 건 없지요?"라고 물었지만 대답은 흘려들었다. 그런데 옷장이 갑자기 눈앞에서 커져 점점 부풀어 오르더니 흔들리기 시작했다. "좀 앉아도 될까요?" 친칸 부인이 급히 물었고, 의자 하나가 그녀 밑에 놓였다. 몇 분 동안 그녀는 거기 앉아 있었다. 입을 오므리고 두 손으로 젖은 우산을 잡은 채 메스꺼움을 참았다. "감사합니다. 내일 올게요. 꼭 올게요." 그녀가 말하고 용감하게 비바람 속으로 걸어갔다. 이상하게 오금에 힘이 빠졌다. 내일 사겠다고 한 중고 옷장 앞에서 그녀는 구역질이 났다. 굉장히 중요한 일에 대한 긴장, 흥분, 책임감, 하루 종일 그녀를 괴롭혔던 감정들이 갑자기 사라졌다. 피로감과 불쾌감만 남았다. 바람에 흔들리는 가로등 아래에서 그녀는 꺼져가는 얼굴로 몇 분을 더 서 있었다. 그런 다음 이상한 반발심으로 시내 최고의 가구점으로 들어가서 처량하고, 비를 맞아 형편없는 모습으로 거울 앞을 지나 층계를 올라가서 옷장을 보여달라고 했다. 웬 점잖은 사람이 그녀를 데리고 옷장들을 보여주었다. 멋진 옷장이었다. 꿈도 꿀 수 없는 그런 옷장, 소재와 형태, 실용성이 고급스럽게 잘 조화되어 있었다. 어지러움을 참고 미소를 보내며 친칸 부인은 1만 5000마르크 나가는 옷장 하나를 선택해서 내일 다시 오겠다고 약속했다. 열에 들뜨고 뒤죽박죽된 감정으로 그녀는 이미 셔터를 내린 가구점을 나왔다. 그녀의 입은 뭔가 낯선 것, 모험과 사기 행각의 맛으로 가득했다. 복잡한 마음으로 그녀는 집으로 돌아왔다.

집은 추웠다. 난로는 또 말을 듣지 않았다. 친칸 씨는 투덜댔고 아이들은 배가 고프다고 했다. 친칸 부인은 게으른 하녀를 조금 야단치고 저녁 식사를 준비했다. 하지만 자신은 거의 먹지 않았다. 대화는 부자연스럽게 흘러갔다. 그런 다음 친칸 씨는 신문을 집어 들었다. 오토는 읽을거리에 빠져들었고, 마리아네는 손톱을 손질했다. 친칸 부인은 몸을 일으켰는데, 수선해야 할 양말 한 보따리를 앞에 갖다놓는 순간 이상하게도 이것이 자기가 쓸 수 있는 마지막 기운이라는 것을 느꼈다. 두 손을 일거리에 맥없이 늘어뜨리고 눈을 감았는데, 눈꺼풀 사이의 좁은 틈새로 힘들게 앞이 내다보였다. 신문을 들여다보던 친칸 씨가 옷장 구입에 관해 물었다. 친칸 부인은 눈을 감은 채 미소 지었다. "좋은 옷장을 봤어요"라고 그녀가 말했다. "좋고 커서, 실용적이고 사용하기에도 편해요. 그리고 예뻐요. 정말 예쁜 가구예요."

"가격은?" 친칸 씨가 물었다.

"그거 안 사요." 그녀가 말했다. 친칸 씨는 코웃음을 쳤다.

잠시 뒤 일어선 친칸 부인이 피아노 쪽으로 갔다. 흐린 그녀의 눈앞에 방 안 전체가 넘쳐나는 베일로 가득했다. 그녀가 피아노 뚜껑을 열고 화음 하나를 쳤다. 음이 만들어져 떨리듯 퍼져나갔다. 부인은 귀를 기울였다. 소리가 사라질 때까지 귀를 기울였다.

"피곤해서 누워야겠다. 이제 아이들도 어서 가서 자라." 그녀가 중얼거렸다. 비틀거리며 그녀가 추운 침실로 들어갔다. 뒤에는 골칫거리가 남아 있었다. 양말은 꿰매지 않은 채였고, 식탁 위도 엉망이었다.

침대에 눕자 온몸이 계속 떨렸다. 처음에는 턱뼈하고 치아가 떨리더니 턱, 이마, 관자놀이가 떨리고, 두 팔, 움켜쥔 두 손, 허벅지와 무릎이 경련하듯 떨려왔다. 동시에 그날 월요일에 친칸 부인이 보았던 모든 옷장이 눈앞에 나타나 침실로 밀려들었다. 침실로 들어온 옷장들이 옷을 벗고 있는 친칸 씨를 뒤에서 밀며 다가왔다. 남편이 기침을 하면서 침대에 누워 불을 끌 때까지 옷장들은 눈을 감은 친칸 부인의 눈꺼풀 사이로 밀고 들어왔다. 그러다가 오한이 줄어들더니 내일 경매에 나오는 칠이 벗겨진 하얀 옷장만 마지막으로 남고, 온기가 좀 돌기 시작했다. 부인은 계속 더 좋은 옷장을 찾아 헤맸다. 시내의 고급 가구점에는 비싼 옷장이 있을 것이다. 그러다 화음 소리가 멀어지고 그녀는 곧 잠이 들어 꿈에 빠져들었다.

잠시 후 부인이 잠에서 깼는데 이상한 일이 일어났다. 밤을 뚫고 저 아래에서 반짝이며 파란색의 무언가가 둥실 떠올랐다. 그것이 조금씩 위로 올라오더니 꼭 감은 그녀의 눈앞에서 활짝 펴졌다. 완전히 비현실적인 것, 어떤 말로도 표현할 수 없는 색깔이었고, 형태 역시 마찬가지였다. 그것이 활짝 펴져서 움직이더니 빛을 발하며 떠 있었다. 그러더니 거기 달린 꽃받침에서 적막이 방울져 떨어졌다. 행복과 낯선 별들의 예감이 흘러넘쳤다. 미지의 곳에서 무언가 떠오르더니 두둥실 흘러가며 미끄러지듯 어디론가 사라졌다.

부인은 깊게, 규칙적으로 숨을 쉬었다. 가슴에는 새로운 고통이 가득했는데, 이번에는 현실이었다. 현실이 아닌 것에 행복을 느끼며 미세하게 떨리던 가슴이 기이하고 낯설게 느껴졌다.

이게 뭐지? 깜짝 놀란 그녀가 생각했다. 맙소사, 말할 수 없이 아름다운 이게 도대체 뭐지? 이 생각을 하면서 그녀는 다시 잠에 빠져들었다.

밤에 누군가가 그녀를 불렀다. 또렷한 목소리가 그녀의 이름을 불렀다. "엘리자베트!" 그녀가 일어나 정신을 차리고 물었다. "왜요?"

"무슨 일이야?" 옆에서 친칸 씨가 목이 쉰 소리로 물었다.

"누가 나를 불렀는데." 그녀가 중얼거렸다.

"무슨 소리야. 어서 쉬어." 남편이 웅얼거렸다. "꿈을 꾼 거야." 꿈을 꾼 게 아닌데, 라고 부인은 생각했다. 한순간 그녀는 굉장히 중요한 것을 의식했다. 심장이 멈추는 듯했다. 그러다가 다시 조용히 뛰기 시작했고, 지식, 꿈, 흥분이 하나로 녹아들었다.

밖에는 비가 오고 있었다. 가로등 불빛이 창문에 흐르고, 벽장 거울에는 뿌연 반사광이 비쳤다.

2

괘종시계가 울렸다. 날카로운 그 소리가 부인의 머릿속을 고통스럽게 파고들어 뇌를 후비고 눈을 찌르고 목을 따갑게 했다. 알람이 다 울리고 난 후에도 가슴에 무겁고 고통스럽게 남아 있었다. 친칸 씨가 기침을 시작했다. 옆방에서 시계가 일곱 번 울릴 때까지 계속되었다. 부인은 눈을 한번 떴다가 곧 다시 감았다. 나 지금 아픈 거야. 피곤하고 지쳤지만 정신은 말짱했다. 남편은 실내화를 발로 들어 올리고 삐걱대는 침대에서 기어 나갔다. "자, 엄마, 일어나셔야지!" 남편이 말했다.

친칸 부인이 그 말에 일어났다. 크고 무거운 머리를 베개에서 짐처럼 들어 올리고 눈을 떴다. 양말을 신으려 몸을 수그리다가 하마터면 앞으로 쓰러질 뻔했다. 침대 모서리에 앉아 두 손으로 가슴을 누르고 조심스럽게 기침을 했다. 친칸 씨는 세면대에서 칫솔을 입에 문 채 아내에게 왜 그러느냐는 듯한 시선을 보냈다.

"감기예요." 친칸 부인이 미안해하면서 말했다. 그러고는 늦잠 자고 있는 하녀와 아이들을 깨우러 힘없이 걸어갔다. 그녀 안에 있는 모터가 다시 작동을 시작해서 약속된 의무를 충실하게 수행하고 있었다. 물을 가스 불에 올려놓고 다시 한 번 하녀를 깨우고 아침 식탁을 준비하고 가져가야 할 빵도 챙겼다. "좀 누워 있지 그래." 멍한 아내의 시선이 마음에 걸린 친칸 씨가 식사를 하면서 말했다.

"그럴 수 없어요. 아무 데도 안 아파요. 오늘 옷장을 사러 경매에 가야 해요." 그녀가 낮게 말했다. 말하는 게 고통스러웠다.

"그게 그렇게 중요해요?" 마리아네가 물었다.

"그럼, 정말 중요하지." 친칸 부인이 확신에 차서 말하고, 일상적인 일을 시작했다. 남편과 아이들을 출근시키고 카나리아 새를 돌보고 꽃에 물을 주었다. 침실은 대충 치웠는데, 그러고 나서 몇 분 동안 창살에 기댄 채 멍한 눈으로 길을 내다보았다. 날씨는 좋아졌다. "곧 봄이 오겠다"라고 방 안에서 일하고 있는 하녀에게 말했다. 하지만 실제로는 봄이 오고 있다고 믿지 않았다. 그렇게 말한 것은 뭔가 희망적인 것, 밝은 것을 바랐기 때문이다. 그녀는 일어서서 이마를 찡그리고 좀 더 깊이 생각해보려고 눈을 감았다. 어제 무언가 아름다운 것, 중요한 일을 겪었다. 그런데 무엇이었는지 기억이 나지 않았다. 그녀는 한숨을 쉬었다. 가슴속에는 너무나 아득한 고통이 숨어 있었다. 그녀는 초라한 모자를 쓰고 헌 안감으로 만든 장바구니를 든 채 정육점으로 향했다.

정육점은 사람이 가득했고 안 좋은 냄새를 풍겼다. 송아지 반 토막과 돼지고기가 여기저기 걸려 있고, 그릇에는 핏기 없고, 털을 벗긴, 지방 덩어리의 머리 고기가 놓여 있었다. 점원이 두개골에서 피 묻은 부드러운 뇌를 벗겨내고 있었다. 그 옆에서는 핏빛 소고기와 조각낸 뼈의 무게를 다는 중이었다. 이 장면이 죽음과 소멸을 너무도 여실히 보여줘서 친칸 부인은 갑자기 더 이상 참을 수가 없었다. 뒤로 물러난 그녀는 계단을 세 칸 내려와 다시 길로 나왔다. 가로등에 기대 그녀는 토했다. 강아지 한 마리가 뒤에 서서 그녀를 유심히 쳐다보았다. 그때 부인과 똑같이 낡은 모자를 쓰고 장바구니를 든 어느 부인이 그녀를 딱하게 보고 부축해서 집으로 데려다주었다. 층계에서 두 다리가 완전히 풀어져서 어린 하녀가 나와 그녀를 층계 위로 데리고 올라갔다. 부인은 울고 싶었고, 마음이 심란했다. 누군가가 그녀의 신발을 벗기고 침대에 눕혔다.

친칸 부인은 가끔 조심스럽게 기침을 했다. 눈은 감고 있었지만 정신은 말짱했다. 해야 할 일을 하지 못하는 것이 산더미 같은 고통과 불안이 되어 그녀를 억눌렀다. 그녀는 침대 옆에 작은 종을 갖다놓게 하고 계속 흔들었다. 어린 하녀가 놀라고 이해할 수 없다는 듯한 얼굴로 나타나 지시를 받았고 이것저것 물어보기도 했다. 양말이 어제부터 테이블 위에 놓여 있으니 어서 치워야 한다. 저걸 누가 꿰매지? 그건 중요한 일이었다. 그리고 더 중요한 일은 누가 점심을 차리는가 하는 것이었다. 오토의 신발도 구둣방에 가져가야 한다. 낡고 좁은 옷장도 정리가 필요하다. 그리고 무엇보다도 오후에 일어나서 하얀 옷장을 사러 경매에 갈 수 있을지가 중요하고, 까딱하면 한 번뿐일 이 기회를 잡을 수 있을지가 문제였다.

별로 희망이 없어 보였다. 열이 많이 오르고 주위가 끝없이 빙빙 돌아 뒤죽박죽되었다. 하지만 열과 더불어 그녀의 노력과 초조함, 중요하고 필수적인 일에 대한 책임감도 점점 더 강해졌다. 어린 하녀는 침대 곁에서, 그녀의 눈앞에서 음식을 끓이고 휘젓고 감자를 깎아야 했다. 양말은 정리해서 굼뜬 손으로 분류를 해놓았다. 부인은 종을 흔들어 하녀를 부르고 감시하고 일을 할당했다. 오토는 제시간에 점심을 먹을 수 있었고 찢어진 구두는 직접 구둣방에 가지고 갔다. 그 애는 놀라고 불안해하며 환자의 방을 나갔다. 친칸 씨는 집에 들어와 걱정을 했다. 염려하면서 부인의 머리와 이마를 만졌다. 하지만 열이 난 상태로 깨어 있던 부인은 그의 손이 불편했다. 냄새와 모양, 피부가 그렇게 느껴졌다. 낯선 그의 손을 외면하고 이마를 찡그린 채 그녀는 어제 나타났던 무언가 아름다운 것을 기억하려고 했다…….

그동안 90마르크를 가지고 옷장을 사 오도록 마리아네를 경매장으로 보냈다. 딸이 거기 가 있는 동안 친칸 부인은 흥분되고 초조해서 몸이 떨렸다. 자신이 아프고 열이 나는 환자라는 사실을 잊어버린 채 부인은 옷장을 사 오는 일에 완전히, 정신없이, 긴장해서 빠져들었다. 열여섯 살짜리 마리아네한테 경매에서 어떻게 해야 하는지, 어떻게 행동해야 하는지, 어느 가격까지 입찰해도 되는지 입이 닳도록 알려주었다. 눈을 감자 부인은 마리아네가 보였고, 모서리가 망가진 옷장, 늙은 경매인, 냄새나고 죽은 물건들로 가득한 숨 막히는 경매장이 보였다. 그녀는 공포와 두려움, 흥분에 휩싸였다. 열이 올랐다. 그녀는 몇 번이나 침대에서 일어나 조심스럽게 기침을 했다. 마리아네가 옷장을, 꼭 필요한 그 옷장을 사 온다면 모든 괴로움이 사라질 것 같았다. 부인은 창문에, 온 집 안에 귀를 기울였다. 그때 낯선, 알 수 없는 소리가 들렸다. 무언가 쏴 소리가 나고, 보이지 않는 것에 부딪히더니 장막이 내렸다.

부인은 이불 속에서 이리저리 뒤척였다. 몸이 좋지 않았다. 삶의 여러 가지 일이 주위로 몰려와 그녀를 몰아쳤다. 남편, 아이들, 살림, 음식, 장보기, 바느질, 옷 수선, 빨래, 뒷바라지, 가계부 정리. 그녀는 아직도 이런 일상적인 일의 중심이었다. 어둠이 스미는 방 안으로 이런 것들이 몰려와서 유령같이 코앞까지 다가왔다. 찌그러진 냄비, 구멍 난 아이들의 신발, 상한 식료품. 얼룩진 가계부의 숫자들과 하얀 원피스의 더러운 치맛단. 정육점의 지방 덩어리 머리 고기도 보였다. 그게 너무 작은 헌 옷장에 처박혀 있었다. "얘, 마리아네야." 친칸 부인이 소리쳤다. 절규였다. 친칸 씨가 다가왔다. 발에 실내화를 신고 있었다. 그가 오는 소리를 들었지만 부인은 눈앞이 캄캄해서 볼 수 없었다. "불을 켤게." 부인을 안심시키면서 친칸 씨가 말했다. "왜 그래? 좀 나았어? 목에다 울 타이츠라도 둘러봐."

부인이 그렇게 했다. 목에다 타이츠를 묶고 다시 부지런히 움직였다. 손에 있는 종을 계속 흔들자 하녀가 분주하게 뛰어다녔다. 손잡이를 닦고 손수건을 빨게 했다. 저녁 식사도 준비시켰다. 그런데 오토의 숙제는 누가 봐주지?

그러다가 갑자기, 급히 서두르며 일하다가 잠이 들었다. 아니, 잠이 아니었다. 건강하고 활동적인 사람이 잠이라고 부르는 그런 것이 아니었다. 그녀에게 일어난 일은 뭔가 다른 것, 해체시키는 것, 부드러운 것이었다. 흔들리고 미끄러지면서 끌려가는 것이었다. 그녀는 고통의 뭉치에서 풀려나 계속 어디론가 앞으로 나아갔다. 강둑이 무너져 가라앉았다. 파란색이 점점 커지더니 꽃받침이 펼쳐져 그녀를 집어삼키고 어디론가 데려갔다.

"내 꿈의 보트가 고단한 호수 위를 저어 가네." 그녀가 작은 소리로 말했다.

"엄마, 왜 그래요?" 누군가가 물었다. 그녀의 침대에 앉아 있는 머리가 네모난 사람이었다.

"내 꿈의 보트가 고단한 호수 위를 저어 가네."

그녀를 조용히 건드리면서 물어본 것은 오토였다. "엄마, 왜 그래요?" 정신을 차린 그녀가 겨우 들리게 대답했다. "시의 한 구절이야." 그런 다음 그녀는 피곤해 지친 저녁이면 듣던 피아노 화음에 귀를 기울였다. 어디선가 그릇 덜거덕거리는 소리가 났지만, 신경 쓰지 않았다. 그냥 누운 채로 아주 조용하고 묘한 미소만 지었다. 오토는 그녀의 눈을 두려워하며 살그머니 뒤로 물러났다. 카나리아가 짤막하게 지저귀고 시계가 종을 쳤다. 그리고 마리아네가 나타났다.

마리아네가 소란스럽게 방으로 들어왔다. 뺨이 뜨겁고 목소리가 컸다. 마리아네가 큰 소리로 웃었다. 머리에선 물방울이 떨어졌고, 손에 든 우산을 흔들고 있었다. 한창 신이 나 있었다. "옷장 샀어요." 그녀가 소리쳤다. "엄마, 옷장 샀어요. 노인이 경매에 내놔서 값을 올렸는데, 내가 말이죠, 처음엔 가만히 기다리다가, 엄마 들어보세요. 나중에 낙찰했어요. 만세! 옷장이 멋져요. 그런데 가격이 얼마인지 아세요?

82마르크예요. 그래요. 8마르크나 깎았어요. 나 잘했죠? 일요일에 옷장을 갖다준대요. 주중에는 시간이 없대요. 옷장 내

방에 놓을 거죠? 엄마도 기쁘지요? 옷장을 못 사게 될까봐 굉장히 걱정했잖아요."

친칸 부인은 침대에 조용히 누운 채 딸을 바라보았다. 얼굴에는 놀라움, 혹은 경탄이 가득했다. 그리고 미소하기 시작했다. 마리아네는 입을 다물었다. 방이 조용해졌다.

친칸 씨는 실내화를 신은 채 거기 서 있었고, 오토는 영어 문법책을 들고, 게으른 어린 하녀도 거기서 모두들 옷장 산 것을 친칸 부인이 얼마나 좋아할지 쳐다보고 있었다. 그들은 기다렸다.

친칸 부인은 침묵했다. 대체 옷장이 뭐란 말인가. 그녀는 멍했다. 부인은 벽으로 몸을 돌리고 침묵했다. 단지 한 번 작고 지친 듯 묘한 손짓을 했을 뿐이다.

그 순간 그녀는 지금껏 매달려온 것을 버렸다.

3

괘종시계가 울렸다. 친칸 씨가 기침을 시작했다. 그리고 옆 방에서 시계가 일곱 번 울렸다.

익숙한 소음과 더불어 새로운 날이 시작되는 소리를 들었지만 부인은 이제 더 이상 그런 것에 관심이 없었다. 열에 들뜬 눈을 감은 채로 그녀는 침대에 누워 꼼짝도 하지 않았다. 부인은 자기 길을 갔다. 한 단계씩 위로 올라가서 이제는 여기서 일어나고 있는 것과는 멀리 떨어진 곳에 가 있었다.

어제까지만 해도 모든 것이 고통이자 불안이었고, 일상과의 싸움이었다. 하지만 오늘 그녀는 거기서 벗어나 다른 영역에 올라가 있었다. 육체는, 일에 지친 채 중간 크기의 침대에 누워 폐렴을 앓고 있는 친칸 부인의 육체는 고통을 당하고 있었다. 하지만 영혼은, 마음속의 그리움, 떨림, 비상, 혹은 영겁인 영혼은 문을 하나씩 열고 점점 더 가벼워져서 위로 올라가고 있었다.

감미롭고 고마운 마취 상태 속에 누운 그녀는 자신에게 일어나는 일을 거부하지 않았다.

식구들은 그녀가 안쓰러웠다. 의사가 와서 진료를 했고 정확하고 엄중한 진단을 내렸다. 옆방에서 의사가 반쯤 우울하고 반쯤 희망이 보이는 소견을 전하자 친칸 씨는 염려와 불안에 빠졌다. 혼수상태의 부인을 식구들이 흔들었다. 약을 먹게 하고 따뜻하게 몸을 감싸고 힘이 나고 활기가 돌게 몇 가지 대책을 세웠다. 그러고는 반 시간 정도 그대로 두었다. 점점 더 높은 단계로 올라가던 그녀가 다시 아래로 떨어졌다. 삶은 그녀를 부를 큰 목소리와 그녀를 붙잡을 단단한 두 손을 가지고 있었다. 삶은 그녀를 놓지 않았다. 부인은 깨어났고 놀랐다. 내 아이들, 그녀는 몸을 떨며 생각했다. 내 딸, 내 어린 아들. 그리고 내 남편. 그녀는 아득히, 찬찬히 생각해보았다. 그러고는 모두를 불렀다. 하지만 식구들이 몸을 숙이고 자신을 내려다보자 얼굴들이 낯설었다. 그녀가 마음속에 지닌 모습들과 달랐다. 그녀는 가족들을 외면하고 벽 쪽으로 몸을 돌렸다. 다시 한 단계 한 단계 올라가기 시작했다.

그녀가 눈을 떴는데, 세상을 떠난 어머니가 곁에 나타났다. 어머니는 침대가에 앉아 있었다. 젊어서 세상을 떠났는데 백발이었다. 친칸 부인은 미소했다. "알아요, 어머니." 그녀가 낮은 소리로 말했다. "그래, 너도 곧 알게 돼." 어머니가 조용히 말하고 하얀 머리를 끄덕였다. 부인은 거의 움직이지 않은 채 이렇게만 말했다. "이제 쉬워졌어요." 그녀는 세상을 떠난 어머니의 부드럽고 따스한 손을 잡아 자신의 목에다 놓았다.

그러자 숨을 쉴 수 있었다. "어떻게 살아왔니?" 어머니가 물었다.

"내가 어떻게 살아왔지?" 부인이 같은 말을 되풀이했다. "내가 어떻게 살아왔지?" 그녀는 입을 다물었다. 우는 것 같은데, 눈에서는 눈물이 나오지 않았다. 저 멀리 자신의 삶이 보였다.

그녀는 한참 동안 가만히 누워 자신의 삶을 바라보았다.

그리고 중얼거렸다. "못 이룬 꿈뿐이에요, 어머니."

하지만 어머니는 이미 사라지고 없었다. 부인은 피아노 앞으로 가서 피아노를 열고 화음 하나를 쳤다. 음이 일어나 울리며 두둥실 떠 있었다. 그녀는 오랫동안 귀를 기울였다. 어떤 책엔가 이런 구절이 있었다. "내 꿈의 보트가 고단한 호수 위를 저어 가네." 이번에는 정말로 울었다. 눈물이 느껴졌다. "못 이룬 꿈, 어머니, 못 이룬 꿈뿐이에요." 그녀가 다시 한번 중얼거렸다. 눈물이 그녀를 깨웠다. 그녀는 눈을 감은 채 저 멀리서 자신의 삶을 훤히 바라보던 눈을 이제 떴다. 이불 속에서 몸을 일으키고 기다렸다.

옆방에서 밥 먹는 소리가 들렸다. 접시 소리가 나고 아이들이 이야기를 하고 있었다. 새소리도 들렸다. 새는 가늘고 높은 소리를 냈다. 그녀가 여기에 누워 죽어가는 동안 저기에는 삶이 계속되었다.

심장이 멈췄다. 그녀는 앞으로 고꾸라지며 두 손을 맞잡았다. 하지만 손은 풀어져서 이불 위에 놓였다. 그녀는 손을 바라보았다. 어제의 손이 아니었다. 마르고 희고 가늘어졌다. 내가 죽는 건가? 그녀가 자신의 손을 들여다보았다.

그래, 나는 죽는 거야, 하고 그녀는 생각했다. 죽는 게 뭐지? 그게 뭘까? 죽는 거, 그게 뭘까? 엘리자베트 친칸 부인이 죽는다. 내가 엘리자베트 친칸 부인인가?

그녀는 웬 여자가 길을 건너오는 것을 보았다. 어떤 초라한 여자가, 망가지고 쓸모없게 된 여자가 낡은 모자를 쓰고 장바구니를 들고 걱정스러운 얼굴과 불가피한 일에 대한 걱정으로 가득한 여자가 걸어온다. 아냐, 내가 아니야. 난 그런 사람이 되기 싫어. 나는 죽을 거야. 죽는 거, 그게 뭐지? 모든 것에서 떠나는 거야. 난 떠날 거야. 달라질 거야. 나는 달라질 거야. 나는……. 그녀는 생각에 잠겼다. 그러자 다시 형언할 수 없는 파랑이 빛을 내며 떠올라 활짝 펴지더니 사라졌다. "난 두렵지 않아요, 어머니. 네, 두렵지 않아요." 그녀가 중얼거렸다. 심장이 약하게 빨리 뛰었다.

실내화를 신은 친칸 씨가 방으로 조용히 들어와 그녀에게 몸을 숙이고 다시 창가로 갔다. 거기서는 오후의 햇살이 약하게 비치고 있었다.

"이제 날씨가 좋아졌어." 그가 밝은 목소리로 말했다.

"그게 느껴지지? 당신 곧 좋아질 거야."

"마리아네가 참 착해. 걔가 음식을 했어. 그래도 아직 엄마 솜씨만큼은 안 되지." 그녀가 대답하지 않자 그는 말을 이었다.

"일요일에 옷장을 가져온대. 그때까지는 당신이 건강을 되찾아야 해." 그가 덧붙여 말하고는 기대에 가득 차서 아내를 바라보았다.

하지만 부인은 고개를 외면하고 그에게서 멀어져갔다. 서둘러서 층계를 올라 점점 더 문 앞으로 앞으로 가서 두렵지만 문을 열려고 했다.

4

괘종시계가 울리지 않았다. 옆방의 시계도 소리가 없었다. 친칸 씨는 걱정스러워서 기침 소리를 내지 못했다. 실내화를 낚아 올리고 조용히 일어나 조심스럽게 아내의 침대로 다가갔다.

"엄마, 당신 눈이 맑아." 그가 기뻐하며 말했다. "오늘은 좀 나은가?"

친칸 부인이 이부자리에서 몸을 반쯤 일으켰다. 얼굴은 긴장해서 거의 바보 같은 표정이었다. 조심스럽게 기침을 하고 낮게 말했지만, 정리되고 분별 있었다.

"아니, 아주 안 좋아요." 그녀가 말했다. "여기저기가 아파. 체온계 줘요. 한번 재봐야겠어. 그리고 얼른 난방 좀 해요. 추워요. 하녀가 장작 가져오는 걸 잊은 모양이네. 틀림없이 잊었을 거야. 아직도 자고 있을 게 뻔해."

아내가 하녀를 비난하는 말을 듣자 친칸 씨는 마음속으로 생각했다. 천만다행이야. 다 좋아질 거야.

친칸 씨가 체온계를 보았다. 39도가 넘었다. 아내의 심장은 걱정스럽게, 약하고 느리게 뛰었다. 그녀가 블랙커피를 달라고 했다. 몸 상태가 아주 나빴지만 정신은 맑고 생생했다. "내가 어제 헛소리했어요?" 그녀가 물었다. 마치 먼 곳을 헤매고 다니면서 높이 올라갔다가 다시 닫힌 문 앞으로 되돌아온 것처럼 기억이 가물가물했다. 옆에 누군가가 있었고 무슨 비밀을 이야기한 것 같은데, 전부 다 잊어버렸다. "열이 나면 자꾸 바보 같은 꿈을 꾸네." 그녀가 단호하게 말했다. "병에 걸리면 안 되는데. 우리 같은 사람들은 그럴 시간이 없어요." 오늘은 그녀의 모터가 다시 제대로 작동했다. 어제 다른 강둑으로 밀어 보내 막연하게 피했던 의무를 오늘은 다시 되찾았다. 오늘 그녀는 건강의 회복을 과업으로 받아들였다.

그녀는 등을 대고 누워 짧고 조심스럽게 숨을 쉬었다. 침대 옆 탁자에다 시계를 갖다놓으라고 하고, 시간에 맞춰 약을 먹었다. 아이들을 침대로 불러 엄격하고 못마땅한 시선으로 쳐다보았다. 건강한 사람들은 너무 시끄럽고, 너무 배려가 없고, 너무 이기적으로 보였다. 부인은 자신의 병에 관해 남편하고 상세하게 이야기를 나누었다. "다행히 감기야." 친칸 씨가 쾌활하게 말했다. 부인은 믿지 못하겠다는 표정으로 남편을 쳐다보았다. 그가 과장해서 가볍고 즐거운 미소를 보냈다. 그것은 그녀의 마음에 들지 않았다. "당신은 너무 가볍게 생각해요." 짜증이 나서 그녀가 말했다. "나는 아주 안 좋아요.

감기가 지독해서 간단히 넘길 일이 아니에요."

친칸 씨는 실내화를 신고 옆방으로 가서 덮개를 씌워놓은 새장 앞에서 눈물 두 방울을 떨어뜨렸다. 그때 의사가 왔다.

친칸 부인은 의사와 자세하고 긴 대화를 나누었다. 의사는 진지하고 주의 깊은 태도로 임했다. 그는 부인의 귀에 손을 대보고 두드려보고 맥을 짚고 혀를 검사했다. 한마디로 직무를 다했다. 친칸 씨는 결과를 모아 의사에게 솔직히 말해달라고 부탁했다. 손을 씻어 닦으면서 의사는 부인의 병은 감기라고, 심한 감기지만 너무 걱정하지 않아도 된다고 했다. 환자 곁에서 할 수 있는 명랑하고 걱정 없는 목소리로 말했고, 친칸 부인은 이번에는 그 말을 고맙게 받아들였다. 의사의 말에 부인은 좀 기운이 나는 것 같았고, 그래서 종을 흔들어 가계부를 가져오도록 했다. 하지만 곧 너무 피곤해져서 숫자들이 끔찍한 춤을 추기 시작하고 연필이 굴러떨어졌다.

현관에서 친칸 씨가 물었다. "위험은 지나간 거죠, 박사님? 오늘은 정신이 아주 맑아요."

"네, 오늘은 좋습니다. 만족스럽습니다. 악화되지 않았습니다." 의사가 얼버무리고 사라졌다.

친칸 씨가 침실로 돌아와보니 아내는 눈을 감은 채 누워 있었다. 입을 꽉 다물었고 땀에 젖은 좁은 이마에는 주름이 져 있었다. 생각에 빠진 것 같았다. 한참 동안 생각에 잠겼는데,

그녀에게는 힘든 일이었다. 그게 끝나자 그녀가 몸을 일으켜 눈을 크게 뜨고 남편을 응시했다.

"당신 오늘 왜 출근을 안 해요?" 그녀가 엄하게 물었다. "집에서 뭘 하는 거죠? 왜 그래요? 왜 집에 있어요?"

친칸 씨가 말을 더듬었다. "기침이 나서 그래. 나까지 감기 걸리면 안 되잖아. 그래서 집에 있어. 날씨가 이런데 나 천식이 심하잖아."

햇살이 창으로 들어왔다. 옷장의 거울에 반사광이 비쳤다. "해가 나왔네." 부인이 중얼거리고 종잡을 수 없는 미소를 보냈다.

"응, 그래, 그런데 아직도 비바람이 불어서 기침이……."

친칸 씨가 절망적으로 과장해서 기침을 했다. 친칸 부인은 양손을 늘어뜨리고 벽 쪽으로 몸을 돌렸다. "그래"라고 하더니 다시 한번 "그래"라고 말했다.

모두들 거짓말을 하고 있어. 모두가, 그녀는 미웠다. 나는 위험한 거야. 내가 죽을 거라고 생각하고 있는 거 아닌가? 난 아직 젊은데.

그녀가 손을 내려다보았다. 앞에 놓여 있는 두 손이 낯설어 이제는 자신의 손 같지 않았다. 난 죽지 않아. 죽으면 안 돼…… 라고 그녀는 생각했다.

병이 난 지 나흘째 되는 날로, 상태가 제일 심했다. 지금까지 그녀는 다그쳤지만, 이제는 그만두었다. 이제부터는 싸우면서 방어하기 시작했다. 이제 그녀는 삶이라는 협소하고 미비한 감옥에 갇히고 말았다. 고통이 심해졌다. 생존의 감옥에서 벗어날 문이 열렸지만, 그녀는 아직 감옥을 나오지 않았다. 그녀 앞에 길이 놓여 있지만 그녀는 아직 그 길로 나서지 않았다. 저쪽 강둑으로 가는 배는 이미 준비되어 있었지만 그녀는 아직도 주저했다. 하지만 고통이 심했다. "난 더 살 거야." 그녀가 탄식했다. "나는 아직 삶에서 소유한 게 하나도 없어."

다시 백발의 어머니가 그녀의 침대가에 앉아 있었다. 그녀는 자신의 삶을 바라보았다. 많은 것이 밀려왔다. 마치 모든 일이 동시에 일어났고 시간이 정지한 것 같았다. 처음에 그녀는 아이였다. 신비롭고 완벽했고, 아주 행복한 때도 있고, 걱정이 있는 때도 있었다. 하지만 어린 시절은 빛났다. 파란 것, 알 수 없는 것, 예감으로 가득한 것처럼. 그러다가 그녀는 젊고 아름다웠다. 정말 아름다웠다. 그림의 주인공이 되기도 했다. 저기에 젊은 남자가 서 있었다. 그녀를 바라보며 그림을 그렸다. 별이 떠오르기 시작하는 하늘이 봄날의 저녁에 내려앉았고, 가시자두● 산울타리에는 어둠 속에서 하얀 꽃이 피

● 장미과에 속하는 식물. 흰 꽃에서 작고 검푸른 열매가 열린다.

어 있었다. 입술이 살짝 스쳤고, 그러고는 망각 속으로 사라졌다. "니노?" 그녀가 속삭였다. "전사했지." 침대가의 어머니가 말했다. 그리고 무슨 일이 있었지? 배를 탔던 어느 일요일. 더위. 소음. 약혼. 난 너무 행복해, 하고 누군가 말했다. "아니야." 부인이 큰 소리로 말하고 자리에서 일어나 잘못된 기억을 반박했다. 그 후로는 광채가 사라졌다. 아이가 걸음마를 배웠다. 그건 좋은 날이었다. 남편 봉급이 올랐다. 그러면 수월해졌다. 아니, 수월해지지 않았다. 가계부는 고약하다. 숫자가 바뀌고 날짜가 지나갔다. 가느다란 글씨로 아내는 매일 가계부를 적고 계산을 했다. 사는 게 힘들었다. "전부 실패"라고 그녀가 말했다. "전부 다 잘못됐어. 가계부 좀 치워."

친칸 씨가 아직도 이불 위에 놓여 있는 가계부를 치우고, 굴러떨어진 연필을 집어 들고 나간다. "엄마, 정신 좀 차려." 남편이 말한다. "알았어요." 친칸 부인이 말하고는 정신을 가다듬는다. "정신 차려야지."

정신을 차렸는데, 상태는 전후 없이 나쁘다. 몸의 구석구석이 아프다. 머리가 무겁고, 입이 마르고 목이 따갑다. 호흡이 거칠고 고통스럽다. 복부가 당기고 옆구리가 약하게 떨린다. 발이 차갑고 몸에서 멀리 떨어져나간 것 같다. 몸 전체가 엄청나게 부어 낯설게 느껴진다. 이불을 더듬으며 그녀가 점점 더 이상한 방식으로 멀어져가는 사지를 다시 모은다. 그녀는 포기하지 않고, 정신을 붙잡는다.

시간도 고통도 끝을 모르고, 주변의 모든 것은 불안정하고 불확실했다. 그녀는 마리아네를 불러서 시계의 태엽을 감고 옆방으로 가는 문을 열어놓게 했다. 시계가 똑딱대면서 십오 분마다 울려 매번 그녀를 깨웠다. 부인은 시계를 주시하면서 규칙적으로 찜질 주머니를 바꾸고 심장의 박동을 돕는 물약을 먹었다. 아, 그녀는 심장의 박동이 최상의 상태가 아님을 느꼈다. 박동하는 심장 주위에 틈새가 생겨 몸의 다른 어디보다도 더 나빴다. 그런데도 심장은 계속 뛰면서 시계와 경주를 했다……. 친칸 부인은 오늘 몇 시간 동안 건강할 때 그랬던 적이 없을 정도로 굉장히 부지런하고, 굉장히 초조했다. 집안일을 두세 시간 동안에 전부 밀어붙이려는 사람 같았다. 계속 종을 흔들고, 끝없이, 계속 끝없이 방에다 대고 지시를 내렸다. 마리아네, 어린 하녀, 김나지움 학생, 남편, 식구 모두가 계속 움직여야 했다. 청소하고 치우고 세탁하고 수선하고 정리하고, 전부 정리했다. 수선하지 않고 탁자 위에 놓인 한 무더기의 양말을 지적했고, 전부 엉망으로 집어넣은 낡은 옷장과 전부 다 정리해 넣어야 하는 새 옷장에 대해서도 잔소리를 했다. "전부 정리해. 어서 전부 다 정리해." 친칸 부인이 방에다 대고 중얼거렸다. 엄하고, 걱정스럽고, 바보 같고, 긴장한 표정으로 그녀는 누워 있었다. 그녀의 모터는 계속 도는

데, 반면 심장에는 틈새가 벌어졌다.

하지만 이런 시간이 지나자 엄청난 피로감이 엄습했다. 그녀는 이제 좀 쉬어야겠다고 생각했다. 그래도 긴장을 조금도 놓지 않았다. 눈을 크게 뜨고 위를 올려다보며 천장을 쳐다보았다. 자꾸만 자신에게서 멀어져가려는 거대하고 의심스러운 사지를 두 손으로 끌어당겼다. 저녁이 돼서야 전부 끌어모아 제대로 잠자리로 가져온 것 같았다. 피로감은 더 심해졌지만 고통은 조금 줄어들었다.

의사가 와서 말없이 그녀를 관찰했다. 정신이 말짱한 부인은 의사가 온 것을 알았지만 전혀 신경 쓰지 않았다.

그녀의 마음속에는 침대 주변에 서서 중요한 일을 방해하는 사람들에 대한 커다란 적대감이 있었다. 두 손을 꽉 쥔 채 그녀는 사람들이 한 손을 들어 올리려는 것을 거부했다. 종소리를 들은 것 같았지만, 방 안에는 소음이 너무 많았다.

의사는 꽉 쥔 그녀의 두 손을 보고 맥을 짚어보더니 손을 다시 이불 위에 놓았다. 그러고는 몸을 수그려 천장을 쳐다보고 있는 부인의 눈을 보더니 조심스럽게 머리를 끄덕였다.

"고비입니다." 방을 나온 그가 친칸 씨에게 말했다. "맥박이 별로 없어요. 그래도 다른 건 괜찮은 편입니다." 방에는 불을 켜고 그 앞에다 녹색 종이를 매달았다. 그래서 친칸 부인이 천장을 쳐다봤을 때 녹색으로 보였다. 그녀는 초원을 걸어가는 기분이었다. 두 손을 꽉 쥐고 부인은 녹색의 빛과 거울의 반사광이 비치는 천장을 바라보았다. 긴장해서 귀를 기울였다. 어디선가 종소리가 나는데 귀에 안 들리는 것 같았다. 얼마 뒤 눈앞에 초원이 나타나고 멀리서 종소리가 들렸다. 그 후 상태가 좋아졌고 꽉 쥐고 있던 손도 풀어졌다.

옆방의 시계가 일곱 번 울렸다. 누군가가 그녀를 불렀다.

"응." 그녀가 말하고 조용히 일어났다. 양말을 신고 방을 나가 아이들을 깨우고 아침 식사를 준비하고 가스 불에 물을 올리려고 했다.

하지만 그 대신 그녀는 가시자두 산울타리로 가서 길을 내려갔다. 길의 끝에는 니노가 서서 그녀를 부르고 있었다.

5

닷새째 되는 날은 상태가 좋았다. 길을 떠나 이미 멀리 갔기 때문에 삶이 부르는 소리가 그녀에게 가닿지 않았다. 살랑거리며 피로를 모른 채 그녀는 어린 시절로 돌아갔다.

키 크고 멋진 나무들이 가득한 계곡이었다. 초원에는 그늘과 햇살이 교대로 바뀌었다. 엘리자베트는 벗은 채였다. 발꿈치가 따스한 땅을 스치고, 풀잎과 꽃들은 그녀의 가슴을 스칠 정도로 자라 있었다. 높은 하늘은 거대하지만 아주 가까웠다. 걸어가면서 그녀는 가사가 없는 어떤 노래를 불렀다. 즐거운 일들이 계속되었다. 그녀는 꽃을 꺾었다. 주변을 둘러보니 온통 꽃이었다. 그녀의 작은 발꿈치가 건드리는 초원의 땅에서 꽃이 자라고 있었다. 꽃들은 이름이 있었다. 붓꽃, 동자꽃, 요정 머리, 히아신스. 꽃들은 꺾이면서 얼굴을 마주 보며 미소했다. 꽃은 작고 따스한 그녀의 손안에서 금방 시들었다. 그래서 그녀는 풀로 침대를 만들어 꽃들을 거기다 눕혔다. 그러자 꽃들이 미소하며 일어나 다시 자라나기 시작했다.

언덕에 서 있는 보리수는 한창 꽃이 피고 있었다. 엘리자베트는 보리수 그늘에 앉았다. 꿀 향기가 나고 종소리가 들렸다. 그러다가 꽃가루와 꽃잎에서 황금빛 비가 천천히 떨어져 내렸다. 보리수에 머리를 기대자 나무가 따스했고, 마치 숨 쉬는 가슴처럼 조용히 흔들리는 것이 느껴졌다. 그때 보리수 열매가 떨어졌다. 작은 금빛 날개를 달고 땅으로 비스듬히 떨어지더니 잠을 자려고 누웠다. 엘리자베트는 1년 동안 보리수 아래에 있었다. 시간은 마치 사라져가는 음향처럼 빨리 흘러갔다. 작은 열매들이 사라지자 나무에는 다시 꽃이 피었다. 엘리자베트는 무릎을 꿇고 앉아서 어린아이의 손으로 흙을 파기 시작했다. 깊이 파면 팔수록 점점 따뜻해졌다. 열매가 다시 보였는데, 전부 다 싹이 나와 뿌리를 내리고 햇빛을 향해 잎을 내밀고 있었다. 손이 놓인 곳은 어머니의 품, 그녀가 자주 얼굴을 묻고 울면서 잠들었던 품이었다. 그녀는 보리수가 자라고 있는 어머니의 품을 쓰다듬고, 어머니를 깨우지 않기 위해서 조용히 그곳을 떠났다.

숲에서 그녀는 어린 노루를 보았다. 노루들은 그녀를 바라보면서 도망가지 않았다. 숲의 가장자리에 있는 새 둥지에는 작고 푸르스름한 알이 들어 있었고 황금빛 새가 그곳에 앉아 아름다운 고음으로 노래하더니 어깨로 날아와 앉았다. 그녀는 계속 걸었다. 피곤해지자 계곡의 라즈베리 나무 숲 근처에 앉아 위를 올려다보았다. 하늘에서 구름이 그녀 쪽으로 오고 있는데, 깃발을 들고 흰 돛을 달고 백마를 타고 있었다. 그녀는 한쪽 팔을 쳐들어 작고 붉은 저녁 구름 하나를 끌어 내려 그걸 이불 삼아 따스하게 덮었다. 그렇게 오랫동안 잠을 잤다. 깨어나자 목이 많이 말랐다. 주변을 둘러보니 꽃마다 아침 이슬이 내려 있었다. 꽃 하나를 따서 그녀는 잔처럼 입으로 가져갔다. 하지만 마시려고 하자 이슬이 마르고 꽃들이 말했다. "마시면 안 돼." 그녀는 깜짝 놀라 꽃을 떨어뜨렸다. 그러고는 개울가로 내려가서 숲에서 딸기를 땄다. 크고 통통한 딸기를 한 움큼 쥐었다. 그런데 손을 입으로 가져가려고 하자 딸기는 모두 말라버렸다. "목이 너무 말라." 슬퍼하면서 그녀는 아이들 방식으로 조금만 울었다.

그녀는 계곡으로 흐르는 개울로 내려가는 길을 찾았다. 개울가의 돌멩이 때문에 맨발이 아팠지만, 개울가에서 무릎을 꿇고 몸을 숙여 물을 마시려고 했다. 물은 잔잔하고 조용했다. 물의 차가운 숨결이 느껴졌다. 그때 마치 거울 속의 사람처럼 물속에서 자기를 향해 다가오는 웬 여자를 보았다.

아는 여자인데 누구인지 알 수가 없었다. 초라한 여자, 전혀 젊지도 전혀 아름답지도 않은 여자였다. 보기 흉한 모자를 썼는데 좁은 이마는 주름이 졌고 입은 꽉 다물었다. 자그마하고 근심스러운 모습이었다. 그 여자가 말했다. "마시면 안 돼."

엘리자베트는 깜짝 놀라서 달아났다. 맨발이라 잘 뛸 수가 없었다. 밝고 탐스러운 머리카락이 흩날리는 것만 느낄 수 있었다. 입을 한번 만져보니 매끄러운 과일 같았다. 작고 반짝이는 이마는 햇살이 비치는 잎사귀 같았다.

한 그루의 수양버들 아래에 짙은 그림자가 깔려 있고, 검고 깊은 시냇물이 하늘을 향해 모습을 드러내고 있었다. 그런데 물에 입을 대자 저 바닥 아래에 여자가 보였다. "마시면 안 돼." 그 여자가 나지막이 말했다. 엘리자베트는 멀리 달아났다.

길이 산 위를 향해, 시냇물을 따라 계속 나 있었다. 물소리가 들렸다. 비밀스러운 목소리로 물이 말하고 울리고 웅얼거렸다. 갈증은 점점 더 심해졌고 발바닥이 아팠다.

그녀는 작고 아픈 발로 시냇물 속으로 들어갔다. 물이 점점 차올랐다. 그녀는 물이 입에 닿을 정도까지 점점 더 깊이 들어갔다. 아무것도 보지 않으려고 눈을 감았고, 입을 열었다. 그런데 여자가 속삭이는 말이 들렸다. "마시면 안 돼."

그녀는 달아났다. 비틀거리며 산을 올랐는데 갈증이 심했다. 시냇물은 점점 좁아져 그녀를 향해 달려오며 요란하게 흘러갔다. 하지만 물을 마시려고 몸을 숙일 때마다 물결 사이로 불쌍한 여자의 얼굴이 보였다. 아는 여자였는데 물소리를 넘어서는 그녀의 목소리가 들렸다. "마시면 안 돼." 엘리자베트는 폭포를 지나고 초원 사이로 흐르는 실개천도 지나갔다. 깊은 수심에 빠지기도 했고, 바위 위에 얇은 녹색과 은빛만 비치는 돌출된 곳도 지나갔다. 그녀는 산을 오르고 계속 또 올랐다. 높은 곳에서 시냇물이 그녀를 향해 끝없이 흐르고 또 흘러내렸다. 갈증은 점점 더 심해졌는데, 앞으로 나아갈수록 물줄기는 점점 더 가늘어졌다.

갈증을 더 이상 참을 수 없게 되었을 때 그녀는 발원지 근처에 서 있었다.

거기서 물이 너무도 가늘고 약하게 바위틈에서 흘러내리는 것을 보자 그녀는 엄청난 두려움에 사로잡혔다. 물기로 축축한 곳에 두 손을 대자 부드러웠다. 그녀가 몸을 수그렸는데 샘물 안에 그 여자는 보이지 않았다. 단지 멀리서 나지막하게 "마시면 안 돼"라고 탄식하듯 말하는 소리만 들렸다. 그러자 그녀는 양손을 벌거벗은 가슴에 대고 심장을 움켜쥐며 물었다. "왜 마시면 안 되나요?"

목소리가 말했다. "변신을 하게 될까봐 그래."

그녀가 물었다. "무엇으로 변신하는데요?"

하지만 목소리는 대답이 없었다.

그러자 그녀는 무릎을 꿇고 앉아 샘에서 물을 마셨다.

6

이 엘리자베트 친칸 부인의 삶은 어떻게 되었나? 병상에 누운 채 폐렴으로 적잖이 위험에 처한, 착하고 의무에 충실하고 평범한 이 부인의 삶은 어떻게 되었나? 너무도 성실하게, 열심히 투쟁해온 그녀의 삶, 그 삶 때문에 식구들이 울었고, 그 때문에 의사가 물약과 온갖 주사로 심장을 강화시키는 모든 조치를 취한 그 삶은 어떻게 되었나?

아, 한마디로 소용없다. 애써봐도 소용없다. 그것은 초라하고 답답하고 빛바랜 삶이었다. 이제는 다 잊어버린 단 몇 시간 동안 행복했고, 그 외에는 계속 협소하고 답답함 속에서 흘러가다가 이제 종말을 맞게 된 삶이었다.

도대체 삶이란 무엇인가? 여기에 존재한다는 것, 하나의 형식에 이렇게 갇혀 있는 것, 행동하고 괴로워해야만 하는 이 속박은 과연 무엇인가? 고귀해서 손댈 수 없는 핵심이 고통을 당하고 있는 이 껍데기는 무엇인가? 고귀하든 비천하든, 기쁘든 슬프든, 빛나든 암담하든 살아가야만 하는 이 삶이란 과연 무엇인가?

모르겠다. 그건 단지 오류, 불충분함 속에 잠시 머무는 것, 감옥에 갇혀 있다 지나가는 것이다. 삶, 그것은 존재하는 데 있어 하나의 장애물이다.

죽는 것, 그것은 출구를 찾는 것이다. 죽는 것은 산 자가 도달할 수 있는 최상의 것이다.

친칸 부인은 죽는다. 더 이상 의심의 여지가 없다. 의사가 맥박을 재려고 그녀의 팔을 잡고 시계를 귀에 갖다 댄다. 손톱을 짧게 깎은 손으로 부인의 눈꺼풀을 올려본다. 흐릿해진 그녀의 눈은 의사를 알아보지 못한다. 하지만 그녀는 아직 살아 있다. 의사는 장뇌● 주사를 놔주고 물러난다. 친칸 부인은 미소하는 것처럼 보인다. 얼굴은 매끄러워져서 아주 낯설고 젊고 환하게 빛난다. 병에 걸린 지 엿새째 되는 날이다. 이미 부인은 멀리 왔다. 가야 할 길을 많이 걸었다. 한참을 올라와 이제는 조용히 서서 쉬면서 사과나무가 되어 땅에다 뿌리를

● 심장의 기능을 회복시키는 약. 지방유에 녹여 근육주사로 투여한다.

내리고 살아 있다. 넓은 수관은 열매로 가득하다. 그녀가 움직이면 연분홍빛 거품이 그녀한테서 땅으로 떨어지지만 아프지 않다. 그녀는 만족스럽고 평온하다. 꽃을 피우고 열매를 맺고 잠을 자고, 그리고 다시 꽃을 피운다. 옆에 사과나무가 하나 더 있는데, 그건 니노이고, 또 하나 있는데 그건 어머니다. 풀밭에 떨어진 열매는 그녀의 아이들, 오토와 마리아네다.

그녀는 알아차리지 못하지만 하루가 그렇게 완전히 지나갔다. 열이 40도까지 올랐고 맥박은 빨리 스쳐서 거의 느껴지지 않을 정도였다.

마지막 날 부인은 계단을 전부 다 올라갔다. 새벽에 일 초 동안 정신이 들어 부인은 시계가 울리는 소리를 듣고 방을 둘러보았다. 이젠 사과나무가 아니었고 평온하지도 않았다. 그녀는 계단을 넘고 또 계속 넘어, 이젠 숨을 쉬지 않는데도 자꾸만 앞으로 나아가야만 한다.

일요일이었다. 날씨는 좋아졌고 완연한 봄이었다. 친칸 씨는 창가에 서서 멍하니 창밖을 내다보았다. 어떻게 될까, 하고 그는 생각했다. 집안일은 누가 하지? 맙소사, 아이들은 어떡하나. 두려움이 가득한 눈으로 아이들이 웅크리고 앉아 있는 옆방으로 갔다. 마리아네가 일어나서 식탁을 준비하기 시작했다. "다 해놨어요, 아버지"라고 그 애가 말했다. 그 애는 엄마를 많이 닮았다. 그 애가 주방으로 가서 나지막하게 하녀에게 일을 시키고 새싹이 올라오는 화분에 물을 주었다. 그런 다음 어머니의 침대가에 앉아 기다렸다. 부인은 계속 계단을 올랐다. 계속해서 계단을 올라가고 또 올라갔다. 종소리는 듣지 못했다. 맨 위에 올라가자 누워서 휴식을 취했다. 더 이상 숨을 쉬지 못했다.

갑자기 그녀가 눈을 뜨고 방을 생생하게 가까이에서 보았다. 햇빛이 창으로 들어왔다. 옷장 거울에 반사광이 비쳐서 천장에 미세하게 흔들리는 밝은 줄무늬를 만들었다. 등이 흔들거리는데, 등에는 녹색 종이가 덮여 있고 그 주변을 외로운 파리 한 마리가 선회하고 있었다. 마리아네는 침대가에 앉아서 어머니를 물끄러미 바라보았다. 친칸 부인이 미소했다. 마리아네를 쓰다듬는다고 생각했지만 그렇게 하지 못했다. 이미 손이 죽어서 이불에서 내려오지 못했다.

“날 알아보겠어요, 어머니?” 다시 눈을 뜨자 마리아네가 부인의 눈에다 속삭였다.

“겁내지 마.” 부인이 말했다. “아주 쉬워. 전부 다 좋아질 거야.” 하지만 그녀는 이 말을 속으로만 할 수 있었다. 마리아네는 아무 말도 듣지 못했다. 부인은 눈을 감았다. 한참 뒤 밖에서 종소리가 났다. “종소리가…….” 친칸 부인이 극도로 긴장해서 속삭였다. 마리아네가 발꿈치를 들고 방을 나와 누가 왔는지 나가보았다.

밖에는 힘이 세 보이는 남자 두 명이 땀을 흘리며 서 있었다. 구입한 옷장을 가져온 사람들이었다. 유쾌한 얼굴로, 그들의 수염에서는 맥주 냄새가 났다. 그들은 현관문을 양쪽으로 열어젖히고 열심히 움직이기 시작했다. 옷장에다 운반용 벨트를 매더니 앞으로, 뒤로, 오른쪽, 왼쪽이라고 소리치면서 옷장을 문간으로 들여왔다. 그러고는 무거운 신발로 뚜벅뚜벅 걸어서 마리아네의 방으로 들어와 벽을 재어본 뒤에 밀고 당겨서 옷장을 배치했는데, 마치 이 세상에서 최고로 중요한 임무를 수행한 사람들처럼 들뜬 표정이었다.

그 뒤 그들은 팁을 바라는 크고 붉은 손을 내밀었는데, 친칸 씨가 너무 작은 동전을 너무 큰 손바닥에다 놓자 금방 무례해졌다. 그 사람들이 돌아간 뒤 친칸 씨 식구들은 한참 동안 옷장 앞에 서서 옷장을 바라보았다. 모두들 울어서 부은 걱정스러운 눈을 하고 있었지만, 이 일은 중요해서 몇 분 동안 그들의 마음을 사로잡았다. "좋은 옷장이구나." 친칸 씨가 말했다. 마리아네도 옷장을 칭찬했다. "그리고 값도 안 비싸요." 하녀는 수건을 들고 와서 상처가 난 래커 부분을 닦기까지 했다.

친칸 부인은 종소리에 일어나 다시 몇 단계 더 위로 올라갔다. 그러나 더 이상은 앞으로 갈 수 없었다. 완전히 꼭대기에 올라가자 숨을 쉴 수 없었다.

그녀에게 다음과 같은 일이 일어났다. 종이 울렸다. 처음에는 딱 한 번 울렸는데, 소리가 떨면서 울렸다. 그러다가 다시 울리고 계속 다시 울렸다. 그 소리는 점점 강해져서 점점 더, 점점 더 계속 커졌다. 떨면서 울리는 종소리는 점점 커지면서 마치 파도처럼 퍼져나갔다. 소리의 파도는 계속 떨면서 울려 원을 만들면서 자꾸만 커져갔다.

엄청나게 큰 첫 번째 파도가 부인의 가슴을 쳤다. 무시무시한 공포가 밀려오더니 금방 다시 사라졌다. 하지만 이어 두 번째 파도가 그녀를 덮쳤고 굉음은 점점 더 커졌다. 부인은 요란하게 울리는 파도 속으로 끌려 들어가 그 안에서 둥둥 떠다녔다. 굉음, 진동, 종소리, 몰아치는 파도가 참을 수 없을 만큼 컸다. 결국 그녀는 종소리와 빙빙 도는 원의 한가운데로 휩쓸렸다.

그때 무언가 알 수 없는, 구속에서 벗어났고 축복을 받았다는 느낌이 왔다. 이제 그녀는 하나의 소리가 되어 진동, 수천 개의 원 중에서 하나의 원, 수백만 영겁의 파도 속에서 하나의 파도가 되었다.

굶주림

골동품 전시실에 들어가는 듯한 표정으로 크라이틀라인 부인이 문을 열었다. "이 방이에요"라고 말한 뒤 그녀는 기대에 가득 차서 숙녀의 입을 바라보았다. 상대방 여자는 작은 새처럼 보였다.

여자는 털이 빠진 깃털 칼라를 목에 둘렀고, 머리에는 염색한 제비 꼬리 장식이 달린 작은 모자를 쓰고 있었다. 머리하고 모자를 조금씩 흔들었는데, 새를 떠오르게 하는 얼굴•에는 긴장감이 역력했다. 그녀가 말했다. "녹색으로 도배를 하셨네요."

"네, 그래요. 녹색이에요." 부인이 원망스러운 시선으로 벽

• 통상적으로 하관이 약한 얼굴을 칭한다.

을 바라보며 말했다.

"녹색 벽지에는 독성이 있을 수 있는데……." 여자가 생각에 잠긴 듯 말하며 벽을 만져보았다. 표면이 약간 지저분했다.

"어떤 독이……." 크라이틀라인 부인이 말했다. 벽지는 새것이 아니었다. 이전 세입자가 좋아하는 사진을 걸었던 자리에는 허연 자국이 있었다. 반면에 소파 위에 발라져 있는 벽지는 색깔이 좀 진했는데, 포마드를 바르고 다녔던 교구 관리자 슈네트케가 좋아한 자리였다. 제킹겐의 나팔수• 장식품을 햇빛 쪽으로 돌려놓으면서 크라이틀라인 부인이 말했다. "좋은 방이에요. 단지 말씀드렸다시피……."

하지만 여자는 아직도 독을 생각하고 있었다. "녹색 벽지에는 비소가 들어 있을 수 있어요"라고 그녀가 말했는데 조금 들떠 보였다. "상속인들이 페테르부르크의 은행가 오펜하임••을 독이 든 녹색 벽지로 살해했다는 이야기 읽어보셨나요? 못 읽으셨어요? 정말 흥미로운 이야기예요. 루이 카토르즈••• 시대의 회고록에도 그런 이야기가 나와요. 그런 방은 유난히 기분이 좋대요. 처음엔 활짝 피어나다가, 그 후 쇠약해져서 독

• 바덴뷔르템베르크주에 있는 도시로, 나팔수 조각품이 유명하다.

•• 유대인 은행가인 아브라함 오펜하임(1804~1878).

••• '루이 14세'라는 뜻의 프랑스어.

때문에 결국 사망해요. 벽지에 비소가 들어 있을 수 있어요." 그녀가 이야기를 끝내고 고개를 돌렸다. "그런데 여기 창살이 있네요." 그녀가 나지막하게 외치면서 양손을 깍지 꼈다. "창문에 왜 창살이 있죠?" "아이 때문이에요." 크라이틀라인 부인이 말했다. "전에 아이가 자꾸 창문에 기어 올라갔는데, 여기가 거실이었거든요. 그래서 남편이 창살을 만들자고 했어요. 잘못하면 아이가 밖으로 떨어질 수 있으니까요. 그때는 아이가 아주 어렸어요. 그래서 6마르크를 주고 창살을 사다가 남편이 손수 작업했어요. 남편은 철물 기능공이에요. 어쨌든 창살을 달아놓고 나니까 아이는 창문에 안 올라갔어요. 애들은 워낙 그래요."

"창문에 창살이……." 여자가 생각에 잠겨 말했다. 그러더니 금방 고개를 들어 단호한 어조로 이야기를 끝냈다. "방이 맘에 들어요. 세가 어떻게 되나요?"

"월 18마르크인데, 커피 포함이니까 비싼 건 아니에요. 빨랫거리가 있으면 함께 세탁해줄 수 있어요. 입구가 거실을 지나가야 하지만, 방문객이 거실을 지나서 들어가더라도 항상 깔끔하게 해놓고 있으니까 걱정하지 말아요. 거실에는 '피야노'가 있는데, 그건 원래 슈네트케 씨 것이에요. 계속 월세 계산이 정확하지 않더니 결국 내빼고 말아서 '피야노'를 안 돌려줬어요. 아무도 칠 줄 모르지만 거실에 놓으니까 정말 잘 어울리는데, 아이가 자라면 '피야노'를 배울지도 모른다고 남편이 말했어요. 세는 선불입니다."

"그럼요." 여자가 말하고 얼굴을 약간 붉혔다. "첫 달 치를 지금 지불할게요. 앞으로는 은행에서 계산할 거예요."

크라이틀라인 부인은 다시 기대에 가득 차서 여자의 입을 쳐다보며 물었다. "실례지만 직업이 어떻게 되세요?"

"전 피아니스트예요. 이제는 음악회에서 많이 연주하지 않는데, 가르치는 데 특별히 재능이 있어요. 전 페테르부르크 왕립 음악원의 교수였어요. 하지만 최근 그곳의 정치 상황이 별로 좋지 않아서요. 아마 이해하실 거예요. 속상하니까 그 얘긴 그만하죠." 여자는 정말 화가 난 것 같았다. 입가가 약간 떨리고 손도 그랬다. 그녀가 창가로 가더니 6마르크짜리 창살에다 제비 꼬리가 달린 모자를 기대 밖을 내다보았다.

"저 아래가 까맣고 많이 파져 있네요. 구덩이가 있어요." 그녀가 나지막이 말했다.

"네, 그래요. 빌어먹을 석탄 저장소가 거기 앞마당에 있어요. 전에 남편이 앞집에 누가 들어오게 될지 걱정했거든요. 유리공예를 하던 빌케 노인이 세상을 떠난 후 저렇게 부속지가 딸린 집은 돈 있는 사람이나 매입할 수 있는데, 요즘 그런 돈을 가진 사람이 어디 있어야 말이죠. 결국 쾨벨링이라는 석탄 장수가 들어왔는데 집을 온통 더럽게 만들어요. 아이가 또 석탄을 먹었다고 남편이 말해봤지만, 소용이 없어요. 아이의 코는 항상 새까매요. 신발은 말할 것도 없고요." 부인은 입을 닫고 씩씩거리기만 했다. 한마디 한마디 전부 뱉어내는 데 십오 분쯤 걸렸다. 하지만 곧 유능한 외교관처럼 침묵했다. "저기, 성함이 어떻게 되시나요?"라고 그녀가 한마디 하고 다시 입을 다물었다.

"여기 명함이에요." 여자가 말했다. "그리고 이건 한 달 치 세예요. 죄송한데, 한 가지 부탁이 있어요." 크라이틀라인 부인은 명함을 곁눈질하다가 놀라서 입을 벌리고 명함에서 눈을 뗐다. 가브리엘레 폰 가브릴로, 피아니스트. 명함과 함께 18마르크가 선불로 깔끔하게 놓여 있었다. 크라이틀라인 부인은 유난히 까다로운 사람이 아니었다. 세를 놓고 지내는 수년 동안 슈네트케 씨가 유일한 사고뭉치 또한 아니었다. 그래서 부인은 "뭔데 그러세요?"라고 캐물었다. 새 머리의 여자는 얼굴이 약간 붉어지고 손도 약하게 떨렸다. 그녀가 말했다. "제가 동물을 길러요. 아주 작아요. 귀여운 작은 동물이에요. 전 절대 헤어질 수 없어요. 저의 유일한 기쁨이거든요."

맙소사, 하고 크라이틀라인 부인은 생각했지만 여자가 침묵하는 동안 말없이 기다려주었다.

"케이지 안에 들어 있는데, 거의 눈에 띄지 않아요." 여자가 말을 하는데, 기운 면장갑의 손가락이 좀 더 심하게 떨렸다.

"새인가요?"라고 크라이틀라인 부인이 물었다.

"전혀 아닙니다. 새는 시끄럽죠. 아주 작고 조용한 동물이에요. 제 행복의 전부예요. 추억도 많고……."

"고양이인가요?"

"전혀 아니에요. 고양이는 교활해요. 스컹크예요."

"뭐라고요?" 크라이틀라인 부인이 물었다.

"스컹크요. 담비 비슷한 거예요. 스컹크입니다."

"냄새나지 않나요?"

"아뇨, 순해요." 여자가 애원하듯 말했다.

크라이틀라인 부인이 고개를 저었다. 이 참하게 생긴 여자가 뭐라는 거야, 하고 그녀는 생각했다. "냄새만 안 난다면 괜찮아요." 그녀가 그렇게 결정했다. 돈하고 명함을 한번 쳐다보고 결정을 확인했다.

"그럼 짐을 가져오도록 하겠습니다"라고 여자가 말하고는 이제 온전한 세입자의 표정으로 공간을 둘러보았다. "가족사진 몇 개 걸고 물려받은 은 장식품 몇 개 진열하면 방이 아주 예쁠 거예요. 유감스럽게도 제 피아노는 아직 페테르부르크에 있어요. 세금 문제 때문에……."

"여기 있는 '피야노'를 언제든 연주하셔도 돼요"라고 크라이틀라인 부인이 생색내는 투로 말했다. 여자는 면장갑으로 좀 오만한 몸짓을 했다. "감사합니다." 여자가 짤막하게 답했다.

우유가 눌어붙는 냄새가 심하게 났다. 크라이틀라인 부인이 급히 방을 나갔고, 밖에서는 아이가 울부짖는 소리가 났다. 여자는 방을 다시 한번 둘러보았다. 녹색 벽지, 창살, 그리고 시꺼먼 석탄 구덩이를 둘러보고 만족스럽게 숨을 내쉬었다.

"스컹크는 제가 직접 들고 와요"라고 여자가 말했다. 그녀는 굉장히 기뻤다.

크라이틀라인 부인이 채소 가게의 구석에 서서 한참 수다를 했다.

"이번에 얌전한 사람이, 정말 참한 아가씨가 우리 집에 세를 들어왔어요. 선금을 선뜻 내놓았는데, 월세가 18마르크인데 아무 불평도 안 했어요. 시꺼먼 석탄 마당만 내다보이는 방인데도 말이에요. 우리 남편은 20마르크를 내라고 할 걸 그랬다지만, 참한 사람이라고 꼭 돈이 남아도는 것은 아니죠. 앞집의 석탄 장수, 어디서 벌었는지 돈은 두둑해도 교양이라고는 없거든요. 저는 늘 남편에게 그 집 아들이 의사까지 됐지만, 얌전한 인간은 못 된다고 말하죠. 남편은 이제 제 날짜에 세를 낼 테니 다행이라고 말했어요. 하지만 뭔가 문제가 있을 거라고, 매일 저녁 애인이 찾아오든가 뭔가 지저분한 일이 있을 거라고, 어디서 돈이 나오는지 알 수 없다고도 말했죠. 저는 쓸데없는 걱정이라고 말하지만요. 애인 걱정은 할 필요 없어요. 그 여자는 예쁘지 않아요. 그건 사실이에요. 하지만 참해요. 무거운 트렁크 두 개가 그 여자의 짐이었어요. 아버지는 마주렌•의 총독이었는데 정치적인 이유로 어려운 상황에 처하게 된 거예요. 직업이 '피야니스트'로, 종종 '피야노'를 치기도 해요. 특별히 '초팽'의 곡을 연주할 때면 얼마나 가슴 떨리는지, 심장이 멎을 정도로 빠르게 연주해요. 어쩜 그렇게 손가락에 재주가 있느냐고 내가 말했어요. 손도 발도 너무 작아서, 신발이 곧 우리 아이 빌리의 발에 맞겠다고 말했을 때는 얌전하게 미소만 지었어요. 그건 혈통이에요, 라고 그녀가 말했어요. 빌리는 요즘 사랑과 행복이 넘치는데, 그건 그녀가 작은 동물을 기르기 때문이에요. 그 여자 말로 그것만이 자신의 행복이라는데, 정말 눈물이 날 정도예요. 스컹크가 정말 귀여워서 빌리는 하루 종일 상자 앞에 앉아서 들여다봐요. 냄새는 좀 나지만, 냄새는 개도 젖으면 나는 법이죠. 스컹크는 놀랐을 때만 냄새가 나요. 빌리도 그걸 알기 때문에 스컹크가 놀라게 하지 않아요. 그래서 냄새가 안 나요. 내가 방을 청소할 때만 냄새가 나는데 그건 어쩔 수 없는 일이죠. 스컹크는 약혼자한테서 받은 선물이래요. 백작이었던 약혼자는 어느 식민지에서 전사했대요. 스컹크가 약혼자에 대한 마

● 폴란드 북부와 동프로이센에 걸친 지역.

지막 추억이라는데, 사람들은 공감 없이 냄새난다고만 하죠. 그녀는 녹색 벽지를 굉장히 좋아해요. 크라이틀라인 부인, 저 말인데요, 저 요새 많이 좋아졌어요, 정말 건강해졌어요, 라고 말했어요. 글쎄요, 그런 것 같네요, 라고 내가 말했지만 사실 별로 건강해진 것 같지는 않아요. 남편은 그 여자가 좀 이상하다고 말해요. 스컹크뿐 아니라 새도 가지고• 있다고요. 하지만 그건 아니에요. 정말 참한 아가씨예요. 매일 저녁 회상록을 쓰는데, 그게 요즘에 귀족들한테 유행이래요. 한번은 우리한테 읽어준 적도 있는데 정말 아름다웠어요. 신문에도 그것보다 더 아름다운 이야기는 없어요. 남편 생일에 놀라게 해주려고 요즘 빌리가 '피야노'를 조금 배우고 있는데, 그녀가 우리 집에 들어온 후 아이가 확 변했어요. 보답을 하고 싶어서 내가 스컹크한테 먹이라고 음식 찌꺼기를 갖다주고 있어요. 남편은 집 안에서 원숭이 우리 냄새가 난다고 말하지만, 나는 지난번에 세 들었던 인간들하고 얽히는 것보다는 놀랐을 때 냄새를 풍기더라도 스컹크가 낫다고 말해요. 어머나, 라펜슈틸 씨, 양파 2파운드만 신선한 걸로 주세요."

그런 다음 부인은 입을 다물고, 그 후 두 시간 동안 한마디 말도 하지 않았다.

• 제정신이 아니라는 뜻.

크라이틀라인 씨 집에 세 든 숙녀의 이름은 가브릴로프스키다. 슈트렐리츠 대공국• 츠비에니스 태생의 행정관으로 이제는 고인이 된 가브릴로프스키의 딸, 서른아홉 살 독신의 민간인으로 매달 35마르크를 연금으로 받는다. 이젠 총독 아버지도, 백작 약혼자도, 피아노도, 은행의 담당자도 없다. 그렇다면 허풍쟁이가 아닐까? 절대로 그렇지 않아요. 여러분, 절대로 거짓은 없습니다. 그녀의 말은, 그녀가 믿고 있는 그대로 전부 사실입니다. 그녀는 아무도 속이지 않아요. 18마르크를 정확하게, 물론 항상 쉽지는 않지만 선불로 줍니다. 요구하는 것이 아무것도 없습니다. 초상화, 가문의 은 장식품, 귀족 회상록 같은 것 또한 다른 목적이 있는 게 아닙니다. 하지만 여러분, 두 눈으로 현실을 보면서 그저 인내만 하는 것을, 도피하는 것을 좋아하지 않는 사람들이 있습니다. 참을 수 없는, 이 처참한 현실에는 쨍그랑 소리가 들리고 굴곡도 있어야 하죠. 인생이란 대체 어떻게 생겨먹은 걸까요? 한 사람이 카이저 거리를 서둘러 걸어간다. 새를 닮은 얼굴에, 제비 꼬리 모자를 쓰고, 털 빠진 깃털 칼라를 두른 작고 불안한 사람이 손가락을 계속 떨면서 끝없이 긴 카이저 거리를 걸어간다. 비스듬하게 쓴 모자는 금방이라도 떨어질 것 같은데, 새를 닮

• 1815년부터 1918년까지 독일 북부에 있었던 대공국.

은 검은 눈은 불안하게 흔들리고, 관자놀이에는 땀방울이 흐른다. 오른손 검지는 엄지에 단단히 붙어 있는데, 장갑이 그 자리에서 또 구멍 났기 때문이다. 그런 일은 귀족 가문의 숙녀한테 있을 수 없는 일이다. 여러분, 비웃지 말아요. 이 숙녀는 두 집에서 시간당 60페니히를 받으면서 진지하게 피아노 교습을 하고 있습니다. 한 곳은 서쪽 동네인 몰러 거리에 위치한 빵집 주인 마네케 씨 집이고, 다른 집은 하사 크뢴예 씨 집으로 병참부 소속의 북쪽 동네, 정확히 말하면 도시의 북쪽 경계가 끝나는 곳에 있다. 그 지역은 건축 부지, 공장 굴뚝, 크뢴예 씨의 집이 있는 병참부밖에 없다. 두 집 다 수요일 오후에 피아노 교습을 받는데, 그 시간에 아이들의 학교 수업이 없는 까닭이다. 일주일 내내 여자는 하는 일 없이 텅 빈 시간을 어떻게 보내야 할지 알지 못한 채로 녹색의 방에서 석탄 구덩이를 내다보면서 앉아 있다. 애완동물이 있지만, 스컹크 역시 늙어서 충분히 쉬고 잠도 많이 자야 한다. 그래도 여자에게는 써야 할 회상록이 있고, 난방하지 않은 거실에 피아노가 있고, 빌리가 있어 시간을 보내는 데 도움이 된다. 하지만 일주일은 길고, 여자는 할 일이 없다. 그런데 두 집이 유독 수요일과 토요일에, 그것도 같은 시간대에 피아노 교습을 부탁했다.

"사모님." 여자가 마네케 부인에게 간곡히 부탁한다. 그녀는 항상 피아노 교습생들의 어머니를 사모님이라고 부른다. "혹시 한 시간 일찍, 아니면 반 시간이라도 일찍 시작하면 안 될까요? 교습 후에 덴마크 대사관에서 수업이 또 있어서요. 뒤로 미룰 수 없는 게, 저녁이면 그곳에서 큰 연회가 있어요."

피아노 교습 기회를 잃어버릴까봐, 귀한 60페니히를 포기하게 될까봐 걱정되어 그녀는 눈에 눈물이 고일 정도다. 마네케 부인은 마음이 찡하다. "사모님." 이번에는 크뢴예 부인에게 그녀가 부탁한다. "반 시간, 아니면 십오 분만이라도 늦게 시작하면 안 될까요? 제가 그 시간 전에 덴마크 대사관에서 교습이 있는데, 뒤로 미룰 수가 없어요. 오후에 거기서 작은 무도회가 있거든요." 크뢴예 부인 역시 마음이 녹아내린다.

그래서 이렇게 얻은 귀한 사십오 분 동안 여자가 카이저 거리를 서둘러 지나가는 게 보인다. 달리고 비틀거리고 숨이 가쁘고 들뜬 모습으로, 스타킹의 고무줄이 늘어나 흘러내린다. 그것도 새로 마련하려면 돈이 든다. 여러분, 미스 가브릴로프스키가 달려가는 것을 보게 되더라도 절대로 웃으면 안 됩니다…….

피아노 연주에 관해 말하자면 마네케 댁의 아이는 별나다. 어린 소녀인데 고집스러운 멍청이로, 공명심이 강하고 극성스러우며 매우 열성적이다. 그런데 연주는 한 손으로밖에 못 한다. "자, 오른손으로만 해보자"라고 여자가 말하고 두 눈,

손가락, 발끝으로 박자를 맞춰준다. 상당히 훌륭하다. "자, 왼손으로만 해보자" 하고 박자를 맞춰준다. 왼손이 딩딩댕댕 딩딩댕댕 연주한다. 잘한다. "자, 그럼 이제 양손으로 맞춰보자"라고 여자가 말한다. "그게 안 돼요"라고 꼬마 마네케가 말한다. "한 번만 해보자"라고 여자가 애원한다. "전 그게 안 돼요." "내가 같이 연주할 테니 한번 해보자. 자, 시작." 딩딩댕댕.

꼬마 마네케가 온 힘을 다한다. 앞으로 수그리고 열심히 연주한다. 아랫입술을 앞으로 내밀고, 선생 역시 긴장해서 이를 악문다. 그런데 되질 않는다.

"양손으로 동시에 연주하는 게 안 돼요"라고 꼬마 마네케가 말하고 울기 시작한다. 피아노 교습이 끝날 무렵 마네케 부인이 방에 들어온다. 직업상 계피하고 효모 냄새가 난다. 항상 채식 식당 '탈리아'에서 식사를 하는 미스 가브릴로프스키의 위장이 그걸 감지한다. "한번 오른손으로 연주해봐. 내가 반주를 맞춰줄게"라고 그녀가 말한다. "사모님, 우리 잠시 네 손으로 연주해볼게요."

음악에 관해 거북이만큼이나 아는 것이 없는 마네케 부인은 만족스럽다. "정말 훌륭해요. 왈츠 같아요. 선생님, 크리스마스 때 아이가 〈라인강의 슈톨첸펠스성〉을 연주할 수 있을까요? 우리 남편의 꿈이에요."

"〈라인강의 슈톨첸펠스성〉이요? 물론이죠. 사모님, 그 곡

정말 아름답죠. 전에 제가 아이들을 가르쳤던 벤켄도르프• 백작도 그 곡을 굉장히 좋아하셨죠."

"수고 많으셨어요"라고 마네케 부인이 말하고, 뜨거워진 건반 위로 두 사람의 머리를 바라본다. "정말 수고 많이 하셨어요. 자, 이제 가게로 내려오세요. 사료로 가져가실 만한 게 좀 있어요. 다람쥐 기르시죠?"

가게 안은 덥고 파리들이 라즈베리케이크 위에서 윙윙댄다. 초콜릿 냄새가 난다. 위가 과민한 여자는 오그라드는 것처럼 아프다. 그녀가 쿠키하고 와플 부스러기가 든 봉지를 받아서 그걸로 장갑의 구멍을 다시 감춘다. 건물 틈새 모퉁이에서 봉지의 과자 부스러기를 약간 집어서 삼킨 후 걸음을 재촉한다. 늦지 않게 크뢴예 씨 댁에 도착하기 위해서다. 이상은 마네케 씨 댁 교습 시간이다. 크뢴예 씨 댁은 전혀 다르다. 크뢴예 씨 집에는 남자 쌍둥이가 있는데, 첫 담배를 피우고 에로틱한 잡지를 보기 시작하는 또래다. 아이들은 재능이 전무하진 않지만 예민한 감성과 정중한 태도가 부족하다. 아이들은 한 무더기의 딱총, 재채기 가스 같은 장비로 피아노 교습에 저항하지만, 크뢴예 부인은 아들들이 피아노를 배우기를 원한다. 부인은 에너지가 넘치는 여성이다. 사내아이들에

● 발트해 기갑부대의 장군이자 정치인인 알렉산드르 폰 벤켄도르프(1781~1844).

게 피아노 교사는 높임말을 쓴다. 그녀는 속으로 땀을 흘리고 눈물을 삼킨다. 하지만 두 사내아이는 재능이 아주 없지 않고 가끔은 인간적으로 품위 있는 행동을 보여줄 때도 있기 때문에 소년들이 언젠가 〈네덜란드 감사 기도〉를 연주하게 되는 것은 불가능하지 않다. 교습이 끝나면 여자는 높은 산을 등산한 것처럼 피곤해한다. 쇠진한 새처럼 보이는 피아노 교사를 보면서 크뢴예 부인은 말한다. "끔찍한 두 말썽쟁이들 때문에 고생하셨어요."

"아이들이 힘이 넘쳐요"라고 그녀가 웅얼거린다.

여자는 커피와 버터빵을 대접받는다. 병참부에는 항상 버터가 있다. 맛이 굉장히 좋지만 채식으로 오그라든 그녀의 위는 법석이 나고 아프다.

"우리가 너무 멀리 떨어진 곳에 살아서 죄송해요." 크뢴예 부인이 말한다. "전차를 타셔야 하죠?"

"맞아요"라고 여자가 대답한다.

비가 온다. 처음에는 약하게 조금씩 떨어진다. 그러다가 점점 더 많이 내린다. 전차 안은 불빛이 밝게 빛나고 아늑하게 보인다. 이 아늑함, 불빛, 따스함, 빠른 이동에 1그로센은 지나치게 비싼 가격이 아니다. 하지만 그 돈도 낼 수 없는 사람들이 있다.

여자가 북쪽 동네를 서둘러 지나간다. 또다시 달린다. 집에 있는 스컹크가 틀림없이 배고플 것이기 때문이다. 배가 고프면 화를 내고, 화를 내면 냄새가 나는데, 그렇게 되면 집주인들은 대개 참지 못하고 이사를 내보낸다. 크라이틀라인 부인 집의 방은 너무도 아늑하고 창살이나 벽지도 흥미롭다. 그 집은 아마 예전에 고급 저택이었을지 모른다. 지금은 쇠락했지만 벽에는 과거의 비밀이 생생하게 남아 있다. 여자는 북쪽 동네를 달려간다. 건축 부지와 갑자기 생긴 웅덩이를 비틀거리며 지나고, 비에 젖은 가로등 아래에서 모습을 드러내는 시 외곽을 조심스럽게 둘러본다. 우산 아래로 누구와 힐긋 시선이라도 마주치면 그녀는 살인범일지 모른다고 생각한다. 두려움과 달콤함이 뒤섞인, 등에 소름이 쫙 끼치는 그런 일들이 있었다. 여자는 치정 살인을 생각한다. 길모퉁이에 항상 두 명의 경관이 서 있을 정도로 그 지역은 위험하다. 카이저 거리에 들어와서야 긴장해서 떨었던 손이 풀어진다. 위에 통증이 느껴진다……. 앞서 말했듯 미스 가브릴로프스키는 채식 식당 '탈리아'에서 식사를 하는 날이 많다. 이는 정기적으로 그곳에서 식사하지는 않는다는 뜻이다. 35마르크 연금 수급자에게는 재정을 운영하는 두 가지 방법이 있다. 첫째, 매일 하루도 빼놓지 않고 식당에서 점심 식사를 하는 것인데, 그런 경우 월말에 며칠간 속수무책으로 완전히 텅 비는 일이 일어난다. 둘째, 미스 가브릴로프스키의 방식으로, 식당의 식사를 일주일에 하루 정도 포기하는 것인데 익숙해지면 굉장히 수월하다. 구운 사과 하나를 점심으로 먹고 침대에 누워 있거나 위가 고장 났다면서 하루 종일 잠을 자는 것이다. 참기 힘들 정도의 배고픔에도 매력은 있다. 배가 고프면 이상하게 귀가 밝아지고 눈도 맑아지고 굉장히 달고 유혹적인 헛것이 보여서 환상의 거짓을 즐기는 사람들에게 특히 도움을 준다…….

미스 가브릴로프스키가 '탈리아' 식당에서 식사를 하게 되는 날에는 12시에 출발하는데, 식당이 구시가에 있기 때문이다. 골목부터 구정물 냄새가 나는데, 계단에서도 식당에서도 구정물 냄새가 난다. 갈색 머리칼이 빛바랜 듯한 부루퉁한 여종업원이 주문을 받는다. 정식이 아닌 약식 메뉴를 당당히 주문해도 되는 채식주의자들을 담당하는 직원이다. 여자는 제일 싼 메뉴를 선택한다. 봉사료와 팁을 포함해서 65페니히짜리 식사로, 감자 외에 두 가지가 더 나오는데 이 세상에 양배추를 이용하는 음식이 얼마나 많은지 놀랄 정도다. 매일 양배추가 나오는 것은 아니지만 식재료에서 항상 구정물 냄새가 나고 양배추 맛이 난다는 것은 '탈리아' 식당의 비밀이다. 식후 오 분 후에는 배가 엄청 부르지만, 삼십 분이 지나면 배가 엄청 고프다. 집에는 미스 가브릴로프스키가 비밀 서랍이라고 부르는, 잠가둔 식탁 서랍에 아침에 먹던 빵이 두 개 있지만, 그건 저녁 식사용이다…….

미스 가브릴로프스키가 카이저 거리를 서둘러 내려가는데, 위장에서 버터빵이 고통스러운 이물질처럼 요동친다. 비가 내린다. 스타킹이 흘러내리고 모자는 떨어질 듯하다. 스컹크가 배고플 거야, 하고 생각하면서 그녀가 미소한다. 쫓기고 있는, 새를 닮은, 선이 굵은 그녀의 얼굴에 부드럽고 묘한 미소가 떠오른다. 그녀는 스컹크와 아이를 생각한다.

아이는 갈색 머리칼의 통통한 일곱 살 꼬마 빌리로, 붙임성 있는 투명한 눈, 따스한 작은 손과 생기 넘치는 높은 목소리를 가졌다. 아이는 집에서 꼼짝 않고 우리 앞에 앉아 스컹크를 들여다보고 있다. 우리 안에는 스컹크가 꼼짝 않고 앉아서 내다보고 있다. 약하고 유연하고 날씬한 동물이다. 아름다운 꼬리와 작고 동그란 눈을 하고 있다. 눈빛은 어딘가 신중해 보인다. 태도는 조심스럽고 온순한데 약간 피곤한 듯하고 수년간 우리 안에 갇혀 지내느라 절망적이다. 먹이를 건네주는 손을, 떨리는 손가락을 알아본다. 때로 쓰다듬는 것을 고개를 숙인 채 내버려두기도 하지만, 딱딱한 것을 갉아본 적이 없어서 가끔 너무 긴 앞니로 손을 물기도 한다.

"빌리야, 스컹크가 자니?" 여자가 발꿈치를 들고 방으로 들어가며 묻는다.

"아뇨, 안 자요, 선생님. 꼬리를 조금씩 이리저리 흔들어요."

"배가 고플 거야. 우리 먹이를 줄까?"

"네, 좋아요."

음식 찌꺼기가 든 작은 사발을 크라이틀라인 부인이 갖다 놓았다. 채식 식당의 메뉴하고 비슷해 보이지만 냄새가 더 좋다. 스컹크는 채식하지 않는다. 음식에 코를 열심히 박고 고기 몇 점을 찾아낸다. 그런 다음에는 미스 가브릴로프스키의 무릎으로 기어 올라와 금방 잠이 든다.

"선생님, 이제 자나요?"

"응."

"정말 귀엽죠?"

"빌리야, 스컹크 좋아하니?"

"그럼요, 선생님."

여자는 조용히 앉아 있다. 양손에는 잠이 든 동물의 온기가 남아 있다. 어깨에서도 무언가 따스함이 느껴진다. 꼬마 빌리가 귀여운 작은 코에 묻은 석탄 자국을 문지른다. 미스 가브릴로프스키가 행복한 시간이다. 소소한 만족감이 양손에 넘치고, 온기와 친밀감, 충족감이 피부에 흐른다. 일찍 주름 잡힌 예민한 피부, 신경 하나하나가 그리움과 굶주림으로 병이 든 피부다.

"또 얘기해주세요."

"무슨 얘기를 해줄까?"

"백작님이 스컹크를 가져오신 얘기요. 그 얘기가 재미있어요."

"그 이야기는 말이다." 여자가 선선히 이야기를 시작한다. "그때 나는 해가 내리쬐는 층계에 앉아 있었어. 우리 영지에는 작은 층계가 있었거든. 돌이 따스했던 것이 아직도 기억나. 그때 채마밭의 작은 문으로 백작님이 들어왔어. 머리에는 도요새 깃털을 꽂고 있었지. 도요새를 사냥하게 되면 대개 깃털을 뽑아 머리에 꽂는 법이란다. 그분, 백작님은 사냥 솜씨가 좋았어. 그런 모습으로 들어올 때 참 멋있었지. 나는 키가 그이의 어깨까지밖에 안 닿았어. 그래서 나를 작은 새라고 부르셨지. 작은 새 아가씨, 내가 뭘 가져왔는지 모르지? 그분은 어깨에 자루를 메고 있었는데, 뭔가 그 안에서 꼼지락대고 움직였어. 묶여 있는 자루를 그이가 층계에 내려놓았지. 그러면서 말했어. 당신 주려고 가져왔어. 당신은 동물이라면 무조건 좋아하잖아. 그래, 그분은 나를 스컹크 엄마라고 놀렸어. 그랬어. 내가 손을 자루에 넣었더니 안에서 물더라. 그땐 스컹크가 정말 작았어. 네 손 크기밖에 안 됐어."

여자가 빌리의 손을 잡고 내려다본다. 손을 잡은 채 생각에 잠긴다. 정말 조그마한 사내아이 손이다. 약간 지저분하고 생채기가 좀 있고 아직도 아기 손처럼 통통하다. "백작님하고 결혼했으면 지금 너만 한 아들이 있을 텐데"라고 그녀가 말한다. 그 순간 마치 아이를 가졌던 것 같은, 몰래 사생아를 가졌다가 그 아이가 세상을 떠난 듯한 표정을 짓는다. 하지만 여자는 생각에 제동을 걸고 허튼 망상에 빠지지 않는다. 그냥 아이의 손만 쓰다듬을 뿐이다.

“그래서 어떻게 됐어요?”라고 빌리가 말한다. 아이는 조바심 내며 입을 벌린 채로 이야기를 기다린다.

“그 작은 동물은 엄청 겁을 냈지만 우리는 진정시켰단다. 백작님하고 나 말이야. 굉장한 인내심이 필요했어. 우리는 반나절을 스컹크 앞에서 함께 앉아 있었는데, 아름다운 시절이었어. 백작님은 성함이 쿠르트인데, 숲에서 개암하고 작은 들쥐를 가져다주었고, 스컹크는 그걸 아주 잘 먹었어. 그이는 동물을 얼마나 잘 다루었는지 몰라. 난 그걸 잊을 수가 없어. 그 후 아버지께서 돌아가시고 우리는 영지를 떠나야만 했어. 우리 아버지는 마주렌의 총독이셨단다”라고 그녀가 생각에 잠겨 말했다. “정치 상황 때문에 그렇게 됐어.” “빌리, 이제 자야지! 빌리, 안 들려? 잘 시간이야”라고 밖에서 크라이틀라인 씨가 소리쳤다. 철물 기능공인 그는 엄청난 털보에다 쩡쩡 울리는 저음의 소유자였다. “어서, 얼른 오지 못해!” 놀라서 잠이 깬 스컹크가 나쁜 냄새를 약간 풍기고 난로 뒤로 가서 숨었다. 빌리는 갔다. 여자는 생각을 이으며 미소 지은 채 좀 더 앉아 있었다. 그런 다음 한숨을 쉬면서 스컹크를 붙잡아 조그만 입에 입을 맞추고 우리 안에 넣었다. 남은 아침 빵하고 회상록을 비밀 서랍에서 가져와 빵을 먹으면서 처음 몇 페이지를 읽었다.

겉장에는 남작의 딸 가브리엘레 폰 가브릴로의 회상록이라고 쓰여 있었다. 여자는 가느다란 손가락으로 식탁에서 남은 빵 부스러기를 가져왔고, 펜을 잉크에 담근 채 잠깐 생각에 잠겼다가 글을 쓰기 시작했다.

열여덟 살에 나는 유명한 차이콥스키 앞에서 연주를 했다. 그분의 동생인 정치가 차이콥스키의 저택에서였다. 차이콥스키는 내가 연주한 쇼팽의 〈자장가〉에 열광하여 많은 사람 앞에서 내 이마에 키스했다. 그날 저녁 나는 F. 대공 전하를 만나게 되었는데, 그분은 마치 젊은 신처럼 보였다…….

별 탈이 없었더라면 행복한 미스 가브릴로프스키의 삶은 계속 그렇게 흘러갔을 것이다. 하지만 작은 입김, 사소한 일 하나, 별것 아닌 일 하나가 행복한 시절에서 사악한 시대로 몰아갔고 영원히 쫓기며 두려움에 떠는 존재로 만들었다.

여러분, 예를 한 가지 들어보겠습니다.

여자가 카이저 거리를 내달린다. 교회에서 5시 반 종소리가 들린다. 6시에는 멀리 북쪽 동네, 크뢴예 씨 댁의 쌍둥이한테 가 있어야 한다. 달려가는 중에 그녀가 갑자기 넘어질 뻔한다. 구두 굽이 길바닥의 어느 구멍에 박혀버렸다. 몸을 추스르고 다시 발걸음을 내딛는데 또다시 구멍이 보인다. 상기된 그녀를 흥미롭게 바라보는 시선들을 따라 내려다보니 구두 뒷굽이 길 위에 떨어져 있다. 그녀는 굽을 집어서 몇 발자국 절뚝거리며 걸어가 넋이 빠져 벤치에 앉았다. 구두 굽이 완전히 떨어져나갔다.

이런 굽을 다시 다는 건 어렵지 않아, 라고 스스로 위로하듯 말하고 걸어보지만 결코 쉽지 않다. 그래서 왕복으로 전차를 타는데, 차비가 20페니히 든다. 재정이 좀 흔들린다. 저녁에 그녀는 방에 앉아 두드리고 망치질하고 못을 박는다. 굽은 간신히 수선했는데, 이번에는 구두창이 문제다. 구두창은 슬프게도 측면이 떨어져나가고 큰 구멍까지 났다. "선생님, 왜 부츠를 닦도록 밖에다 안 내놓아요?"라고 크라이틀라인 부인이 묻는다. "네, 그게 원래 순록 가죽으로 만든 구두라고 말씀 안 드렸나요? 아주 특별한 구두인데, 순록 가죽에는 구두약을 바르면 안 돼요. 그냥 제가 해결할게요."

미스 가브릴로프스키는 순록 가죽 부츠를 신고 있다. 예쁘기는 하지만 처참한 겨울 추위가 구두창을 뚫고 들어오는 것을 막을 순 없다. 눈이 오는 날이면 습기가 양말 아래로 스며들어 발가락이 파래지고 기침이 난다.

코트도 문제다.

"그 코트 이제 안 되겠어요"라고 크라이틀라인 부인이 말한다. "단춧구멍이 다 망가지고 소매 안쪽은 털이 전부 빠졌어요."

색 바래고 늘어난 단춧구멍 위에다 여자가 작은 리본을 단다. 일종의 장식으로 굉장히 우아해 보여서 깃털 칼라하고 어울린다. 소매도 망가진 자리를 다시 단단히 꿰맨다. 그런 코트는 유명 피아니스트에게 어울리지 않는다고 부인이 쉼 없이, 십 분간 계속되는 연설로 여자를 설득한다. 비상 지출을 위해서 서랍에 자금이, 비밀 서랍에 비자금이 있다. 이 자금을 가지고 여자가 크노헨뮐렌 거리로 간다. 사람들이 내놓은 우아한 옷을 파는 헌 옷 가게가 있다는 것을 알고 있다. 등이 굽은 여자가 석유등 뒤에 앉아 있는데, 옷가지가 여기저기 걸려 있다. 옷에서 많은 사람의 땀과 숨결 냄새가 난다. 온 도시의 냄새가 헌 옷 사이에 전부 모여 있는 것 같다. "전 최신 유행은 안 좋아해요"라고 미스 가브릴로프스키가 기죽은 목소리로 말한다.

하지만 그런 위험성은 전혀 없다.

새로 마련한 코트를 가지고 여자가 집으로 돌아온다. 헌것이라 단춧구멍이 약간 회색이고 바느질 자리가 반들반들 닳았으며 알 수 없는 재단이 되어 있다. 하지만 이 코트는 뭔가 단정하고 우아하고 품격이 있다. 저기요, 벵켄도르프 백작 부인도 항상 이런 영국 코트를 입으셨어요, 라고 여자가 크라이틀라인 부인에게 말한다.

하지만 지금은 좀 다르다. 채식 식당 '탈리아'의 금발 직원이 이제 식사가 10페니히 오른다는 소식을 전한다. 무슨 말을 하겠는가! 다른 식당을, 더 싼 식당을 알아봐야 한다. 요리 교실, 아침 식사 방, 셀프서비스 식당을 시내 여기저기에서 찾아봐야 한다. 모반이라도 일어난 것 같다. 가장 저렴한 메뉴가 어디서나 75페니히다. 타협하는 수밖에 없다. 결국 미스 가브릴로프스키가 침대에 누워 굶는 날이 점점 늘어나고, 그녀의 환각은 더 심해진다. 녹색 벽지에 비소가 들어 있는 게 확실하다. 처음에는 들뜨고, 한껏 피어오르다가 파멸하는 거야, 라고 그녀는 생각한다. 영양실조의 초라한 팔다리가 그것을 느낀다…….

그러다가 치아에 문제가 발생한다. 정말 고약한 이야기다.

미스 가브릴로프스키는 오래전부터 치아가 나빴다. 치아 하나가 특히 괴로웠는데, 식사할 때나 미소 지을 때나 말할 때마다 불편했고, 신경이 문제를 일으켰다. 보기에도 안 좋았고, 미스 가브릴로프스키가 급하게 걸어가면 치아가 흔들리면서 입안에서 달그락 소리까지 났다. 어느 날 밤에는 썩은 이가 일으킬 수 있는 온갖 문제가 겹쳐 도저히 참을 수 없는 정도가 되었다. 치통은 사십팔 시간 동안 여자를 녹초로 만들어 고통과 절망으로 몰아갔고, 결국 그녀는 가까운 치과 병원의 대기실로 갈 수밖에 없었다. 의사가 두 번 잡아당겨 치아를 뽑고 난 후 그녀는 형언할 수 없는 비참한 상태가 되었다. 탈진해서 수술대에 누워 있는데 눈에는 눈물이 가득했고 빨간색 물컵으로 입을 헹굴 기운조차 없었다. 컵은 원래부터 마치 온 세상이 피를 뱉어놓은 것 같은 빨간색이었다.

"얼마를 내야 하지요?" 정신이 다시 돌아오자 그녀가 힘없이 물었다.

"5마르크입니다."

특별히 비싼 치과 의사는 아니었다. 그렇다. 비싼 의사가 아니었다. 하지만 특별히 훌륭한 의사도 아니었다. 아무튼 5마르크를 냈다.

"어디가 편찮으신가요?" 가방에서 돈을 찾고 있는데 미스 가브릴로프스키의 얼굴을 쳐다보면서 의사가 물었다.

"네, 좀……." 그녀가 대답하고 5마르크를 지불했다. 집에 와서 그녀는 스컹크를 우리에서 꺼내 두 손으로 들어 올렸다가 마치 솥처럼 눈앞에 내려놓았다. 어느 정도 마음이 편해진 듯했다. 어느 날 자기가 쓰러져서 미치거나 뇌전증을 일으켜서 두 주먹을 쥐고 입에서 거품을 흘릴지도 모른다는 생각이 들었는데, 이제 그런 생각은 사라졌다.

그 주에 크뢴예 부인이 쌍둥이들이 스키를 타러 가야 하니 피아노 교습을 이 주 동안 쉬겠다고 말했다…….

"아마 당신은 내 말을 믿지 않을 거예요"라고 크라이틀라인 부인이 남편에게 말했다. "그걸 두 눈으로 봐도 당신은 믿지 않을 거예요. 내가 스컹크한테 먹이라고 음식물 찌꺼기를 항상 갖다주는데, 스컹크는 좋은 부분만 먹고 채소랑 감자 껍질 같은 것은 안 먹어요. 청어 대가리 같은 걸 보면 스컹크는 화를 내고 나쁜 냄새까지 풍겨요. 그런데 요즘 들어 스컹크의 밥사발이 비어서 스컹크를 어떻게 다루기에 청어 대가리까지 먹게 됐는지 궁금하더라고요. 그래서 거실로 가서 열쇠 구멍으로 들여다봤어요. 그랬더니 미스 가브릴로프스키가 스컹크 옆에 앉아 스컹크가 다 먹기를 기다렸다가 헌 녹색 밥사발에 남은 것을 먹는 거예요. 그날은 내가 상한 감자를 섞어서 갖다놓은 날인데, 스컹크가 남긴 상한 감자를 바닥에 앉아서 먹는 거예요. 나는 눈물이 쏟아지고 메스껍고 몸이 떨렸어요. 생각해보면 그건 이래서 생긴 일 같아요. 1월에 우리는 제가 보기에도 지나칠 정도로 거의 매일 커틀릿을 먹었잖아요. 제가 정말 생각이 짧았어요. 스컹크가 남긴 것을 그녀가 먹은 거예요. 스컹크 밥사발 앞에 바닥에 앉아서 말이에요. 안됐어요. 너무나 안된 것이 아버지가 총독까지 했고, 스컹크를 받아주었다고 임차료를 매달 1일 선불로 정확하게 치르고 있잖아요. 그리고 우리 아이 빌리도 굉장히 귀여워해주고, 마음씨도 착해서 곧 아기가 태어난다고 하니까 울기까지 했는데, 어떡하면 좋을지 모르겠어요. 정말이지 어떡해야 할지 모르겠어요. 거저 주는 것은 절대 받지도 않아요."

"매일 당신 커틀릿에서 조금을, 아니면 뭔가 제대로 된 음식을 스컹크의 사발에다 놔주면 되겠네." 크라이틀라인 씨가 말했다.

"그러면 스컹크가 커틀릿을 다 먹어치워서 굶게 돼요." 크라이틀라인 부인이 말하고, 그날 저녁에 더 이상 입을 열지 않았다.

"아니, 손이 왜 그래요? 굉장히 아파 보이네요." 마네케 부인이 말했다. 입에는 라즈베리케이크가 들어 있었다.

"아, 아무것도 아니에요. 스컹크가 좀 물었어요. 요즘 굉장히 예민해졌거든요. 약간 부어오른 것뿐이에요." 미스 가브릴로프스키가 말했다.

"약간 부었다니요! 아이고, 맙소사, 곪았네요. 아프죠?"

"네, 좀 아파요." 여자가 이를 악물고 대답한다. 잠을 못 자 눈꺼풀이 붉다.

"저기요, 가브릴로프스키 선생님, 손이 다 나으실 때까지 피아노 교습은 쉬는 게 좋겠어요. 차마 못 보겠어요. 그거 전염돼요. 많이 곪았네요. 다 나으면 연락주세요. 그 못된 동물한테 가져다주실 과자가 한 봉투 있는데, 다람쥐를 키운다고 하셨죠?"

"아니에요"라고 미스 가브릴로프스키가 조용히 말하고는 사라진다.

크뢴에 부인 역시 같은 생각이다. "맙소사, 그런 손으로 수업 못 하세요." 그녀가 말한다. "손이 정말 말이 아니네요. 수술하셔야겠네요. 안 그러면 패혈증 돼요. 다 나으면 그때 오세요."

이번에도 미스 가브릴로프스키는 간단히 대답하고 조용히 물러난다.

집으로 오는 길에 그녀는 위로가 되는 상상을 해본다. 병원에 갔는데 팔을 절단해야 한다. 창백한 모습으로 침대에 누워 있는데 특식이 제공된다. 그때 문이 벌컥 열리고 백작님이 뛰어 들어와 침대 앞에 무릎을 꿇고 쓰러져 울먹인다. '용서해. 이 세상 누구보다도 당신을 사랑했어.' 그녀의 고통에 한줄기 섬광이 스쳐간다. 하지만 아픔은 참을 수 없을 정도다.

"안 되겠어요, 크라이틀라인 부인. 더 이상 못 참겠어요." 집에 돌아와 그녀가 말한다. 다시 마음이, 마음이 흐트러진다. 현실의 삶을 유지하는 것, 현실을 직시하는 것이 이제 불가능하다. 알 수 없는 세계로 언젠가 도주하고 싶은 심정이다. 두 주먹을 꽉 쥔 채로.

"뭔지 모르겠어요. 주먹을 펼 수가 없어요. 경련이 나요, 크라이틀라인 부인"이라고 그녀가 말하는데, 그건 거의 사실이다.

"의사한테 가봐야 해요"라고 출산일이 상당히 가까워진 부인이 말했다. 곪은 자리를 볼 때마다 부인은 파랗게 질렸다.

"아니에요"라고 말하면서 그녀는 치과 의사를 떠올렸다. "그러면 안 돼요. 절대 안 돼요. 우리 남편이 데려다줄 거예요. 석탄 장수의 아들이 의사인데, 유대인 환자들한테도 친절해요. 온 동네 사람들을 무료로 치료해주는데, 아직 공부가 안 끝났거든요. 여보, 어서 가서 쾨벨링 씨 아들한테 잘 설명을 하세요. 아마 한 푼도 받지 않고, 오히려 자기한테 진료받으러 온 걸 고마워할 거예요."

"이모, 아파요?" 빌리가 물으면서 둥그스름한 머리를 여자의 아픈 손에 기댔다. 좀 위로가 되는 것 같다. "겁내지 마세요. 의사 선생님이 틀림없이 맛있는 사탕도 줄 거예요."

"빌리야, 너도 물릴 수 있으니까 스컹크 근처에 절대로 가지 마." 크라이틀라인 부인이 말하고는 어서 의사한테 가보라며 여자를 떼밀었다.

크라이틀라인 씨가 쾨벨링 씨 아들한테 진료에 필요한 지식을 전부 알려주었다. 아들 쾨벨링은 아직 의사 시험 전이지만 정식 의사처럼 책상 앞에 앉아 있었다. 그는 "어디가 아프신가요?"라고 물으면서 근시가 있는 눈으로 자기 앞에 내민 채 떨고 있는 여자의 손을 바라보았다. 여자는 힘이 하나도 없었다. 이틀 밤을 새웠고, 이틀을 굶은 상태였다. 여자는 의사를, 진료실을, 불빛을, 보랏빛 커튼 뒤에서 부옇게 흔들리며 멀어져가는 크라이틀라인 씨의 수염을 보았다.

"동물이 물었습니까?"

"네."

"개인가요?"

"아뇨, 스컹크예요. 워낙 순해요."

"스컹크요? 순하다고요? 참 특이하네요." 의사가 말했다. 겁먹은 얼굴로 애원하듯 미스 가브릴로프스키가 의사의 눈을 바라보았다. 거기에는 그녀가 스컹크 이야기만 하면 모두가 보내던 비웃음 섞인 눈길도 찾아볼 수 없었다. 스컹크 이야기를 할 때 단지 빌리만이 똑같이 진지한 눈을 하고 있었다. "지금은 아픈 게 좀 가라앉은 것 같아요." 그녀가 깊이 숨을 내쉬면서 말했다.

"곧 됩니다. 정말 흥미로운 경우네요. 스컹크한테 물리다니. 정말 흥미롭군요. 어디서 스컹크를 구하셨나요?"

"아버지의 영지에서요. 약혼자가 저한테 준 거예요. 그래서 추억이 많이 담겨 있어요. 스컹크가 저한테 남은 유일한 것이에요. 상황이 안 좋으면 누구나 쉽사리 외로워지거든요."

의사가 잠깐 눈을 크게 뜨고 진료를 계속했다. 그의 눈은 아름답고 다정했다. 입은 아직도 아기 같았는데, 그건 윗입술이 조금 짧아서 치아 두 개가 항상 보이기 때문이었다. "아플

니까? 아픈가요?" 그가 물었다. 이제 그의 목이 미스 가브릴로프스키의 눈에 들어왔다. 손 위로 숙이고 있는 의사의 목을 그녀는 놀라서 똑똑히 보았다. 갈색 솜털이 난 아름답고 멋진 목이었다.

"떨고 계시는군요." 의사가 말했다.

여자는 떨고 있었다. 정말 그랬다. 자신의 손 위로 수그린 손을 그녀는 오랫동안 보지 못했다.

"선생님, 제가 손이 굉장히 예민해요. 손을 자주 떨어요. 피아노 연주 때문에 그래요. 손이 가날플수록 그만큼 더 예민하죠. 지도교수는 제가 음악회에서 연주하는 날에는 우산을 들거나, 짐을 들거나, 악보를 드는 것조차 허락하지 않으셨어요."

"음악가이신가요?"

"저는 페테르부르크에서 상당히 알려진 피아니스트였어요. 열여덟 살에 차이콥스키 앞에서 연주를 했어요."

"아" 하고 의사가 말하고 검사하듯 잠시 쳐다보았다. 여자는 이제 훨씬 좋아졌고, 가슴속에 묘한 생기까지 생겼다. 자신의 생애와 활동에 관해 의사에게 이야기 해주고 싶었다.

"자." 의사가 경쾌한 어조로 말하면서 그녀의 손을 놓았다. "조금 절개해야겠습니다. 겁내지 마십시오. 아프지 않습니다."

그가 상자에서 의료 기구 하나를 꺼내자 불빛 아래에서 반짝였다. 두려움과 달콤한 전율이 등을 타고 흘러내렸다. 미스 가브릴로프스키가 손을 내밀었다.

"조금만 참으시면 됩니다." 그녀의 눈을 응시하며 의사가 말했다. "조금도 아프지 않습니다. 내 말 믿으시지요?"

"네."

"자, 이제 끝났습니다. 아프셨나요?"

"하나도 안 아팠어요"라고 여자가 말했다. 짼 상처에서 고름과 피가 흘러나왔다.

의사가 솜뭉치로 닦아주었다.

"자주 암시•에 빠지시나요?" 그가 지나가는 말로 물었다. 흥미로운 케이스야, 라고 그가 생각했다. 사실 그는 모든 케이스에 흥미를 보였다. 보아하니 암시 신경증으로 극히 민감해진 상태였다. 새 같은 얼굴의 여자는 이상하게 황홀한, 알 수 없는 미소를 띠고 앉아 있었다.

"붕대를 한 번 더 감아야 합니다. 소매를 좀 올려주세요."

"저런." 떨리는 손가락으로 그녀가 노란 팔뚝을 드러내자 그가 말했다. "마르셨네요. 조금 건강해지셔야겠습니다. 좀 많이 드십시오." 그가 온통 뼈뿐인 여자의 팔을 쓸어내렸다. "괜찮으시면 전체적으로 검진해봤으면 좋겠습니다. 의사한테 온 이상……." 스스로를 의사라고 불렀기 때문에 그는 얼굴이

• 감각, 관념, 의도 따위가 언어 자극을 통해 전달되는 심리 현상.

붉어졌지만, 금세 자신감이 넘쳤다. "좀 탈의하시겠습니까? 심장하고 폐를 검진해보도록 하죠."

미스 가브릴로프스키가 옷을 벗었다. 불빛이 들어오지 않는 책장 뒤에 숨어 몸을 떨면서 피부와 뼈와 신경 이외에는 아무것도 없는 초라한 몸을 드러냈다.

의사가 와서 머리를 성큼 그녀의 가슴에 댔다. 여자의 심장은 채찍이라도 맞은 듯 뛰었다. 의사는 부드러운 머릿결을, 동물처럼 풍성한 갈색의 머릿결을 가지고 있었다. 머릿결은 광채가 났고, 목덜미를 따라 육체의 따스함이 흘렀다. 의사가 말했다. 숨 쉬세요. 깊게 쉬고, 다시 깊게.

미스 가브릴로프스키가 숨을 깊게 쉬었다.

"장기는 아무 문제 없습니다. 다행히 괜찮습니다. 말씀드렸듯이 장기에는 별일 없는데, 단지 심장이 너무 예민한 것 같군요. 신경상의 문제인 것 같습니다. 오랜 영양실조가 원인인 것 같네요. 이틀에 한 번 오셔서 붕대를 새로 감으면 되고, 곧 회복될 겁니다. 이제 덜 아프지요?"

"네, 훨씬 나았어요." 여자가 말했는데, 입술이 마구 떨렸다. 목에 깃털 칼라를 두르더니 고맙다고 한마디 어물어물 말하고는 사라졌다.

흥미로운 케이스야, 진단은 조금도 주저할 게 없어. 심한 신경증인데, 정말 안됐네, 라고 그는 생각했다. 근시가 있는 그의 눈은 선의와 천진함으로 넘쳤다.

여러분, 그런데 왜 미스 가브릴로프스키가 마당에, 시꺼멓고 지저분한 석탄 마당에 서서 정신 나간 것처럼 붕대 감은 팔을 답답한 하늘을 향해서 쳐든 채 웃고 울고 훌쩍이고 신음하고 소리칠까요. "이틀 뒤에 또 가야 해. 이틀 뒤에 또……."

이 사건이 있고 약 한 달쯤 후에 미스 가브릴로프스키에게 대단한 행운이 시작되었다.

어느 날 그녀가 '탈리아' 식당에서 점심을 먹고 돌아와보니 집의 층계참에 걱정이 넘쳐났다. 마침 비가 오는 날이어서 크라이틀라인 씨 댁의 현관문 앞에는 온통 시꺼먼 석탄 발자국이 나 있었고, 동네 여자들에게 둘러싸인 크라이틀라인 부인이 노랗게 된 얼굴로 신세 한탄을 하고 있었는데 훌쩍이며 울기까지 했다. 근무 시간인 크라이틀라인 씨의 수염까지 보였다. 그는 저음의 목소리로 아내를 달래느라고 애를 쓰고 있었다.

"의사가 그러는데 우리 아이가 홍역이래요. 병원에 입원해야 한대요. 어떻게 내가 우리 아기를, 빌리를 병원에 보낼 수 있어요! 내가 말했어요. 쾨블링 선생님, 어떻게 그럴 수 있나요. 의사가 말했어요. 이러시면 안 됩니다. 아이가 홍역에 걸렸고 부인께서는 임신 중이니 병원에 입원시키는 수밖에 없습니다. 아니면 간호할 사람을 구해서 아이와 함께 격리해야 합니다. 임신한 분이 홍역에 걸린 아이와 함께 있다가는 산후에 무슨 일이 일어날지 모릅니다. 하지만 선생님, 제가 말했어요. 어떻게 아이를 격리한단 말이에요. 그리고 요즘에 간병인은 돈을 많이 줘야 해요. 남편이 버는 것보다 더 많이요. 하지만 사모님, 의사가 말했어요. 그러니까 병원에 보내셔야 해요. 병원에서 좋은 방에 격리되어 입원하면 의사가 잘 돌봐줍니다. 그렇지만 내가 어떻게 아이를 병원에 보내요. 빌리를 병원에 보내느니 차라리 내가 죽는 게 나아요. 거기 가면 치료야 잘 해주겠지만 불쌍한 우리 강아지 빌리를 어떻게 격리시켜요! 아이는 열이 나서 화덕처럼 뜨겁고 목도 아픈데 애엄마로서 어떻게 격리를 시키냐는 말이에요, 라고 내가 말했어요. 의사가 말하기를, 그럼 주변에 혹시 홍역에 걸렸던 사람이 없습니까? 아이랑 함께 격리해서 아이를 돌봐줄 수 있는 사람 말입니다. 그래서 내가 말했어요. 없어요. 죽어도 없습니다, 선생님. 여동생이 있지만 그럴 사정이 못 돼요. 매년 애를 낳거든요. 매년 그래요. 그리고 엄마가 아니면 누가 홍역에 걸린 아이를 돌봐준단 말이에요……."

"저요!" 미스 가브릴로프스키가 외치면서 약한 몸으로 모여 선 이웃 여자들을 뚫고 나타났다. "제가 돌볼게요. 네, 크라이틀라인 부인, 제가 돌봐드릴게요. 저 간병 잘할 수 있어요. 교육받았던 적 있어요. 그리고 전에 홍역에 걸린 뒤 심하게 앓고 면역됐어요. 아이를 제발 저한테 맡겨주세요."

"자, 그럼, 크라이틀라인 부인." 거실에서 나오며 의사가 말했다. "도움을 받도록 하십시오. 도와주신다니 그렇게 하세요. 중요한 건 미스 가브릴로프스키를 아이와 함께 완전히 격리해야 한다는 점입니다. 간호는 어렵지 않습니다. 그렇게 하실 거지요?" 크라이틀라인 부인은 감동한 나머지 말을 잃었다. 아무 말도 못 하고 젖은 눈으로 의사를 따라 거실로 들어가는 미스 가브릴로프스키를 바라볼 뿐이었다. 쾨블링 씨 아들은 재빨리 모든 일을 처리했다. 아이의 침대를 벽 쪽으로 옮기고 얼굴에 붉은 반점이 생긴 빌리를 거기에 눕혔다. 아이는 입가가 이상하게 하얬고 열에 들떠서 눈을 반쯤 감고 있었는데 천하태평이었다.

"우선 여기에 난방부터 해야 합니다"라고 의사가 말했다.

"네." 미스 가브릴로프스키가 대답하고는 난로 앞에 무릎을 꿇고 앉았다. 이상한 것은 항상 자제력을 잃고 계속해서 마구 떨리던 그녀의 손이 일을 완벽하게 처리하고 있다는 점이었다. 그녀는 갑자기 달라진 상황에 정신이 혼미했지만 한편으로는 말짱했다. 할 일이 너무 많았다. 의사가 지시를 내리고, 아직은 처방을 내릴 수 없었기 때문에 명함에다 몇 가지를 적어주었다. 그가 이것저것을 도와주면서 난로가 따뜻한지 살펴보고 가스등을 낮추었다. "손을 어디서 씻을 수 있을까요?" 그가 물었다. "여기요. 저쪽 문으로 들어가시면 돼요." 미스 가브릴로프스키가 대답하고는 녹색으로 도배한 방으로 들어가는 문을 열어주었다. 방 안은 어딘가 공기가 묘했다. "맙소사." 의사가 중얼거렸다. "요즘 스컹크가 예민해요. 늙어서 그래요." 여자가 애원하듯 말했다. 동물은 우리의 귀퉁이에 오그리고 있었다. 너무 자란 앞니 일부가 보였다. 의사가 우리 앞에 쪼그리고 앉아 안을 살펴보았다. 그가 다시 천진한 얼굴, 소년의 얼굴이 되어 윗입술 아래로 치아를 약간 내밀었다. "스컹크를 괴롭히고 계신 것 아닌가요, 미스 가브릴로프스키?"라고 그가 물었다.

"무슨 말씀이세요, 선생님? 최고로 잘 돌봐주고 있는데요."

"일생 동안 갇혀 있지 않습니까. 야생동물인데. 정말 잔인하십니다. 어떻게 야생동물을 가두어 기른다는 건가요. 그건 잔인한 일입니다."

여자는 의사와 스컹크를 바라보았다. 얼굴이 붉어졌다. 모자에 꽂힌 도요새 깃털의 환상이 나타났다가 사라졌다. 그러는 동안 의사는 소매를 걷고 모서리가 부서진 세면대로 갔다. "비누 좀 쓸 수 있을까요?" 그는 마치 병원에서 교수가 진료 후에 하듯이 철저한 동작으로 두 손을 씻었다. 여자가 수건을 내밀고 쳐다보았다. 하얀 간호사복을 입고 간호사 모자를 쓴 것처럼, 갓 피어난 꽃처럼 아름다운 얼굴이었다…….

의사는 손목에 힘이 있었다. 자주 찬물로 장난치는 소년처럼 손목 관절이 약간 불그스름했다. 여자는 계속 그쪽으로 시선이 갔다. "이제 다 아셨죠? 목을 감싸주고, 하루 세 번 열을 재십시오. 체온계를 보내드리겠습니다. 우유죽만 먹게 하고 혹시 귀가 아픈지 주의해서 보세요. 무슨 일이 생기면 저를 부르세요. 매일 한 번 들러서 살펴보겠습니다."

"매일요. 네 알겠습니다, 선생님." 여자가 말했는데, 새를 닮은 그녀의 눈이 의사의 시선을 피했다.

"훌륭하십니다." 의사가 말하고는 그녀의 손을 잡았는데, 그가 떠나고 반 시간이 지나도 여운이 남아 있었다. 여자는 마치 온몸이 따스하고 달콤하게 젖는 듯한, 손가락뿐 아니라 품 안에, 가슴에, 목이나 심장으로 끌려가는 듯한 느낌을 받았다…….

이렇게 미스 가브릴로프스키의 큰 행복이 시작되었다. 그것은 허구도, 허튼소리도 아니었다. 두 손으로 잡을 수 있고 두 눈으로 볼 수 있었다. 향기로운 것, 이 행복은 현실이었다.

한편으로 아이는 이랬다.

아파서 열이 나고 고통스러운 아이는 곁에 미스 가브릴로프스키 외에 아무도 없었다. 미스 가브릴로프스키가 너무도 필요했다. 아이는 열에 들뜬 양손을 내밀어 자신을 사랑해주고 간호해주고 밥을 먹여주고 이야기해주기를 바랐다. 여자는 아이를 위로하고 저녁이면 함께 기도하고 이불 위에 작은 손을 포개놓은 아이의 숨소리에 귀를 기울였다. 밤이면 아이는 종종 여자를 불렀고, 어둠 속에 혼자 있지 않는 것을 고마워했다. 여러분, 한 명의 아픈 이 어린아이에 비하면 도움이 필요한 4만 마리의 스컹크는 아무것도 아닙니다.

하지만 미스 가브릴로프스키가 누렸던 최고의 행복은 아이가 아니었다.

매일 저녁 의사가 온다는 것을 어떻게 설명할 수 있을까. 젊은 신처럼 아름답고, 어떤 이야기보다 훌륭하며, 힘이 넘치는 손, 선 그 자체인 눈, 갈색 머리, 소년처럼 부드러운 목, 모든 쇼팽의 〈자장가〉를 침묵하게 하는 목소리를 가진 그였다. 그가 방으로 들어와 미소를 보내면 방 전체가 밝아졌다. 그가 미소를 보내며 두 손을 난롯가에 대면 방 전체가 따뜻해졌다. 손이 따뜻해지면 그가 묻는다. "자, 오늘은 어떤지 우리 좀 볼까?" 아이는 계속 좋아진다. 빌리는 하루가 다르게 건강해진다. 의사는 아이를 칭찬하고 간호를 칭찬한다. 아이와 이야기를 나누고 스컹크에 흥미를 가진다. 빌리의 맥을 짚어보고, 여자의 맥도 짚어본다. 의사는 침대가에 조용히 앉아 있다. 이 방에 있는 것이 좋고 오래 머물고 싶은 것처럼 보인다. 날씨에 대해, 음악과 책에 관해 이야기를 약간 나누고 곧 박사 학위를 받을 거라는 얘기도 한다. 여자와 이렇게 수준 있는 이야기를 해본 것은 꽤 오랜만이다. 동네에 왕진하러 갈 곳이 많아도 그는 적어도 절반 이상의 시간을 그곳에 머문다. 그런 다음 손을 꼼꼼히 씻고 나서 '또 만납시다'라고 말한다.

"네, 또 만나요"라고 여자가 말한다. 절대로 그냥 하는 말이 아니다. 하루 꼬박, 그리고 다음 날 저녁이 올 때까지 그녀는 행복과 기대에 넘친다…….

이건 마음속의 일이라고 할 수 있다. 이것뿐 아니다. 이제 그녀는 거실에서, 아름다운 빨간 벨벳 의자에서, 거의 고향과 똑같은 방에서 지낸다. 츠비에니스와 비슷하다. 창 앞에는 석탄 저장소도 없고 개수대의 물도 얼지 않는다. 난로를 피우고 환기하고 먼지를 털고 쓸고 닦고 문지른다. 바쁘게 손을 놀려 일하고 지치면 휴식한다. 행복하다. 이젠 손을 떨지 않는다. 가끔 크라이틀라인 씨의 저음이 문 앞에서 들리는데, 친절이 넘치는 목소리로 식사를 갖다놓는다.

식사는 하루에 다섯 번이다.

미스 가브릴로프스키는 물질적인 것에 많은 관심을 가지지 않았고 일생 동안 그런 것을 추구하지 않았지만, 이제는 그런 것이 그녀의 행복에 적잖은 부분을 차지한다.

식사는 하루에 다섯 번이다.

음식은 무료로 제공된다. 맛있고 영양가 높고 지금껏 잊고 지내던 따스함과 포만감의 행복을 느끼게 한다. 비밀 서랍에는 재산이 쌓인다. 아니, 그 이상이다. 저음의 목소리로 크라이틀라인 씨는 이달에는 절대 월세를 받지 않겠다고 말했다. 오히려 어떻게 답례를 해야 할지 모르겠다면서 18마르크를 문틈으로 밀어 넣었다. 몰러 거리의 빵집 주인 마네케나 하사 크뢴에가 그동안 60페니히의 다른 피아노 교사를 구했어도 상관없다. 너무도 행복한 하루하루여서 앞일을 생각할 겨를이 없다.

하루하루가 따스하고 사람들이 따스하고 세상이 따스하다.

의사가 방에서 나가면 미스 가브릴로프스키는 아이 침대 곁의 빨간 벨벳 의자에 앉는다. 의자는 따뜻하다. 마치 살아 있는 것 같다. 의사가 앉아 있었기 때문에 아직도 따스한 등받이에 몸을 기대면 애무받듯 황홀하다. 돈이 안 드는 깊은 쾌락이 있다…….

난롯가에는 그의 손바닥이, 세면대에는 비누 거품이 남았고, 그가 만진 수건은 아직도 젖어 있다. 공기에도 표현하기 힘든 남자의 흔적이, 소독약, 담배, 금방 면도한 뺨의 향기가 남아 있다. 진짜 보물은 그의 필적과 이름이 있는 명함이다. 그의 이름은 에밀, 미스 가브릴로프스키는 이 세상에서 가장 아름다운 이름이라고 생각한다. 에밀 쾨블링이다. 백작이니 대공이니 하는 젊은 신처럼 아름다운 이름들이 그의 명함 앞에서 사라져간다. 명함은 현실로, 거기에는 아름다운 필체로

에밀 쾨블링이라고 인쇄되어 있다.

물론 스컹크가 있다. 아직도 곁에 남아 있어 그와 더불어 고향, 숲, 가을, 엄숙한 호수, 산지기, 스컹크 우리 앞에서 했던 저녁의 키스, 절망적인 이별 같은 것이 남아 있다. 하지만 이제 그런 것은 그다지 중요하지 않다…….

의사가 박사 학위를 받던 날 여자는 회상록의 새로운 장을, 새 계정을 시작했다.

에밀 K.의 추억, 이라는 제목이었다. 첫 문장은 이렇게 시작되었다.

18××년 겨울에 심각한 수술로 나는 외과의사 K.를 알게 되었다. 당시 그는 아직 유명하지 않았지만 첫눈에 나는 그를 알아보았고…….

의사에게 모든 성공의 반은 암시에 있습니다, 라고 쾨블링의 교수는 손을 닦으면서 학생들에게 말해왔고, 젊은 쾨블링은 그 말을 마음에 새겼다.

연민, 호기심, 성실성, 낙관적인 태도까지 그는 의사의 재능을 타고났다. 그는 근시가 있는 선량한 눈과 확고한 두 손을 가졌다. 그가 무료로 진료하는 동네에서는 그에 대한 칭찬이 자자했다.

그는 홍역에 걸린 어린 크라이틀라인을 매일 방문했다. 돈을 받는 의사들은 매일 오지 않는다. 사실 빌리는 많이 좋아져서 그렇게까지 할 필요가 없었다. 의사가 흥미를 가진 것은 홍역이 아니었다. 이제 동네에 홍역은 유행이 지났다. 오히려 그는 이름이 가브릴로 혹은 가브릴로프스키라는 여자한테 큰 관심을 가지고 있었다. 그렇게 뚜렷한 신경증 케이스는 마치 습지 위에 서 있는 사람 같아서 그 여자가 하는 어떤 말도 믿을 수 없었다. 그런 케이스를 분석하고 가브릴로의 이야기 속에서 무의식이 어느 정도로 문제되는지, 의식의 한계가 어느 정도로 작동하는지를 살피고, 무엇이 사실이고 무엇이 거짓이며 어떤 것을 과민한 신경의 발산으로 봐야 할지 분석하는 일은 멋지고 흥분되는 작업이었다. 무엇보다도 가브릴로라는 이 여성은 암시력을 실험하는 데 있어 최적의 인물이었다. 그래서 젊은 쾨블링은 열심히 그녀에게 자극을 주고 이 헌신적인 환자의 시선과 손을 훈련시켰다. 절대로 악의에서 그렇게 한 것은 아니었다. 그가 여자에게 은연중에 불어넣어 준 것은 오직 작은 행복, 작은 칭찬과 듣기 좋은 말, 광대뼈에 약간의 홍조, 두 손에 약간의 휴식, 불행한 가슴에 심어준 약간의 자신감 같은 것이었다.

미스 가브릴로프스키가 카이저 거리를 가벼운 걸음으로 내려간다. 모자는 머리에 단단히 얹었는데 이제는 제비 꼬리 장식이 왼쪽이 아니라 오른쪽에 달려 있다. 미스 가브릴로프스키는 새로 산 부츠를 신고 자신 있게 걸어간다. 구두는 마르쿠제 백화점에서 산 것으로, 날아갈 것 같은 기분이다.

"봄 블라우스를 찾는데요." 어리둥절해하는 점원에게 그녀가 말한다. 12월인데 봄 블라우스를 사려는 것이다. "최신 유행으로요"라고 그녀가 말한다. 판매원이 건초 갈퀴처럼 생긴 것을 들고 블라우스 칸을 훑는다.

"밝은색이면 좋겠어요." 미스 가브릴로프스키가 말한다. "너무 비싸지 않은 걸로 주세요. 전 소박한 게 좋아요." 약간 주눅이 든 목소리로 그녀가 덧붙인다.

"저, 목이 파진 걸로 주세요." 그녀가 다시 요구한다. 어리둥절해하는 판매원이 제비 꼬리 장식을 단 손님 앞에서 작년 재고품을 뒤진다. 점원은 직업상 사람을 알아보는 재주를 가졌다.

미스 가브릴로프스키가 말한 블라우스는 가격이 7마르크다. 늘어난 비상금에 비하면 적은 액수다. 블라우스는 환하고 화려하다. 별, 꽃, 작은 톱니바퀴의 무늬로 장식이 넘쳐난다. 집에 돌아와 여자는 새 블라우스를 입고 녹색 방의 거울 앞에서 한 바퀴 돌아본다. 앞으로, 옆으로, 뒤로 꼼꼼하게 살펴본다. 빌리가 환호한다. "이모, 예뻐요"라고 말하는데, 뭔가를 볼이 메도록 먹고 있다. 아이는 많이 좋아졌다.

미스 가브릴로프스키가 나가서 목에 두를 벨벳 리본을

산다.

미스 가브릴로프스키가 나가서 꽃병에 꽂을 꽃을 산다. 미스 가브릴로프스키가 제비 꼬리를 모자에서 뜯어내고 꽃을 단다.

미스 가브릴로프스키가 고데를 산다. 미스 가브릴로프스키가 코르셋을 산다.

이제 혼수 장만을 시작해야 하지 않나, 라는 생각까지 들지만 그녀에겐 더 이상 돈이 없다.

사실 그럴 필요 없다. 지금도 결혼한 것만큼 좋다. 그녀는 젊은 아내로, 서른아홉 살이니 아직 젊다. 아름다운 집에서 살고 있는데 일곱 살 된 아들이 있다. "넌 내 아들이지?" 그녀가 빌리에게 묻고 둥그스름하고 따스한 아이의 머리를 쓰다듬는다. "응, 맞아요, 이모"라고 아이가 믿음직스러운 목소리로 대답한다. 홍역은 이제 피부가 벗겨져 감염 위험이 아주 높은 상태다. 주방에서는 크라이틀라인 부인이 가끔 울음을 터뜨리며 헤어진 아이를 걱정한다. 하지만 아이는 크라이틀라인 식구들을 완전히 잊어버린 것 같다. 이모가 함께 놀아주고 맛있는 음식이 방으로 들어온다. 둘은 가끔 신나게 피아노를 치면서 빨간 벨벳의 섬에서 행복하게 살고 있다.

미스 가브릴로프스키의 마음속에 살고 있는 젊은 아내는 결혼 생활이 행복하다. 할 일이 많고 존경받는 젊은 의사 남편이 있는데, 남편은 직업상 가정에 할애할 만한 시간이 많지 않다. 하지만 3시부터 여자와 아이는 마당을 걸어오는 그의 발소리를 긴장해서 기다린다. 이른 겨울의 어둠 속에서 난로는 안락하게 탁탁 소리를 내고, 옆방에는 창문이 열려 있다. 석탄 마당이 아름답지는 않지만 그 대신 누군가 발을 내디딜 때마다 소리가 나기 때문에 누가 오는 것을 듣지 못할 리 없다는 장점이 있다. 4시가 되면 젊은 아내는 피곤해서 돌아올 남편을 위해 차를 끓이고 빵을 준비한다. 5시가 되면 차는 시커메져서 쏟아버려야 한다. 5시 반, 아이는 회복기의 달콤한 피로감에 빠져서 잠이 든 채 삼십 분 정도 꿈에 귀를 기울인다. 젊은 아내가 사랑하는 시간이다. 6시에 마당에서 발소리가 나고 그가 온다. 점점 다가와 계단을 오르고 현관의 문 앞에 잠시 걸음을 멈춘 뒤 초인종을 누른다.

"우리 아기 오늘은 좀 어땠나?"라고 그가 묻는다. 분명히 우리 아기, 라고 말한다. 이렇게 말할 때도 있다. "우리 식구들 잘 있었나?"

"차 좀 마실 수 있나요?" 그가 물으면서 잠들어 있는 아이 옆에 앉는다. 젊은 아내가 난롯가에서 살짝 동요한다. 여자는 목이 파인 블라우스에 귀여운 앞치마를 둘렀다. "요즘에 많이 좋아지셨어요"라고 남자가 말하고는 미소를 보낸다. 그런 다음 침실로 가서 손을 씻는다. 이젠 이곳이 자기 집 같다. "그래요. 이젠 여기가 아주 내 집 같아요"라고 그가 말한다. 그런 다음 이야기를 좀 나누고, 이번에는 피아노 연주를 부탁한다. 그는 구김살 없는 진지한 얼굴로 귀를 기울이는데, 윗입술 아래에서 치아가 반짝인다. 그가 여자의 손을 말없이 일 분 정도 쥐고 두 눈을 그윽하게 바라볼 때도 있다. 그런 일도 가끔 있다. "좋아지셨습니다"라고 의사 쾨블링이 말하는데, 거의 명령같이 들린다. "훨씬 좋아지고 건강해지고 신경과민 증세도 사라졌습니다. 이젠 손도 안 떨리네요."

"안 떨려요"라고 여자가 말한다. 하지만 그가 다가오면 그녀의 손은 떨린다. 아직도 떨린다.

몇 주 뒤 의사가 다시 한번 철저하게 진단을 해보겠다고 했다. 그리고 그가 그렇게 했다. 따스한 머리를 허기진 여자의 피부에 댔다. 무척이나 흥분한 그녀의 몸을 그가 진료했다. 여자는 이제 깡마르지 않아서 뼈에 약간의 살이 올라 있었다. "네, 좋습니다"라고 의사가 말했지만 아주 만족스럽지는 않았다. "심장에 계속 신경증 증상이 있습니다."

"자, 그럼 안녕히 계세요. 방문할 곳이 아직 몇 군데 더 있어서요." 그가 떠나간다.

의사의 젊은 아내는 욕심을 부리면 안 된다. 왕진 의사라면 누구나 저녁에 환자를 방문해야 한다. 여자는 아이와 함께 저녁을 먹는다. 커다란 나무통에 미리 목욕 준비를 해놓았다.

행복하게 울리는 저음이 거실 문 앞에서 들린다. 아이는 목욕할 시간이라는 걸 잘 알고 있다. 섭씨 29도. 감염의 위험은 곧 사라질 것이다. 목욕 후 아이는 피곤하다. 아이는 담요로 몸을 감싸고, 굿나잇 키스를 하려고 작은 입을 내민다. 어린애답게 여러 가지 일에 대해서 기도를 하고 조용히 잠이 든다.

젊은 아내도 눕는다. 눈을 감고 남편이 돌아오기를 기다린다.

남편이 온다. 여러분, 이 남자는 매일 밤 온다. 그가 현실의 남편들보다 더 다정해서 여자는 텅 빈 어둠 속에서 그의 얼굴, 그의 목소리, 그의 손길에 온 신경을 모아 빠져든다…….

이 생활에 틀어박힌 채 너무 많은 상상에 빠진 미스 가브릴로프스키는 어느 날 밤에 일어나서 불을 켜고 나이트가운 바람으로 비상 서랍에 가서 취한 듯 묘한 미소를 지으며 회상록을 꺼내 난로에 던졌다.

그러고는 모든 백작, 총독, 유명 인사들, 이마의 키스를 불태웠다…….

스컹크의 상태가 그동안 악화되었다는 말을 했던가? 미스 가브릴로프스키가 행복에 빠져 있고, 그녀의 간호로 어린 빌리가 점점 건강이 좋아지는 동안 스컹크한테 그런 일이 일어났다. 스컹크는 늙어서 매일 신경질이 늘었고 나쁜 냄새를 주변에 많이 뿌렸다. 자려고, 먹으려고 하지 않았고 온순함이 사라졌다. 여자가 다가가면 우리 안 여기저기에 똥을 싸고 못된 입으로 높은 소리를 내질렀다. 스컹크는 온 세상을 증오했는데, 철천지원수는 의사 쾨블링이었다. "스컹크는 더 이상 안 되겠습니다." 한동안 호기심 있게 들여다보던 의사가 말했다. "지금 우리가 스컹크를 괴롭히고 있습니다. 그리고 스컹크는 안 좋은 방식으로 공기를 더럽히고 있어요. 미스 가브릴로프스키, 모든 즐거운 추억은 이제 끝이 났습니다."

여자는 약하게 반발할 뿐이었다. 추억을 이제 어디로 떠나보내야 하지?

"아이가 스컹크를 너무 좋아하는데요"라고 그녀가 애매하게 말한다.

스컹크가 기침을 시작했다. 깡마른 몸으로 그르렁 소리를 내고, 고통으로 괴로워했다. "더 이상 안 됩니다. 독에 중독된 것 같습니다." 의사 쾨블링이 말하고는 미스 가브릴로프스키의 신경에 암시의 눈길을 보냈다.

"정말 그런가요? 비소 중독인가요?" 그녀의 무기력한 질문이었다.

"제가 내일 뭘 좀 가져올게요. 일 분도 안 걸립니다." 의사가 약속했다. 여자는 전율했다. 거기에는 두려움과 달콤함이 뒤섞여 있었다. 당신 손에 죽는다니, 마음속에 그런 바보 같은 생각이 떠올랐다. 난처해진 그가 바지 주머니에 손을 넣을 때까지 여자는 그의 손을 응시했다.

다음 날 그 일이 있었다. 일 초도 걸리지 않았다. 빌리는 나중에 울었지만 여자는 이상하게 흥분해 들떠 있었다. 그날 저녁 광대뼈가 뜨겁게 빨개졌고, 새처럼 생긴 머리를 예전처럼 요란하게 흔들었다. 그리고 손가락이 어떤 암시에도 멈출 줄을 몰랐다. "모든 것을 바쳤어요." 어둠 속에 누워 그녀가 말했다. 전에 회상록에서 사용한 모든 문장이 머릿속에 쌓여 떠돌면서 열을 발산했다. 나는 당신에게 모든 것을 바쳤어요…….

"크라이틀라인 부인이 곧 둘째를 출산할 것 같습니다." 며칠 뒤 어느 날 저녁에 의사가 말했다. "아이가 거의 다 회복돼서 정말 다행입니다. 얼마 동안 격리한 거죠? 오 주인가요? 크라이틀라인 부인이 정말 고마워할 겁니다. 자, 이제 감염 위험은 사라졌어요. 보건소 직원들에게 월요일에 오라고 하겠습니다. 그러면 이제 다 끝나서 예전으로 돌아가는 거죠."

그가 손을 씻어 꼼꼼하게 말리며 "안녕히 계십시오"라고 말하고는 가버렸다.

미스 가브릴로프스키는 녹색 방에 서 있다. 방은 말이 없다. 스컹크는 죽었고, 스컹크 우리도 텅 비었다. 서랍도, 비상 서랍도 비었다. 그 안에 돈은 없다. 회상록도 없다. 미스 가브릴로프스키가 벽에 남아 있는 전 세입자 슈네트케 씨의 검은 흔적을 쳐다본다.

이제 다 끝나서 예전으로 돌아왔어, 라고 그녀는 생각한다. 그런데 예전에 어땠었는지 생각이 나지 않는다.

"아니, 선생님, 어떻게 그런 생각을 하세요?" 몰러 거리의 마네케 빵집, 마네케 부인이 말한다. 오른쪽 입가에 초콜릿을 묻힌 채로 가게 의자에 앉아서 말한다. "어떻게 그런 생각을 하세요? 육 주 동안 안 오시더니, 이제 다시 온다는 거예요? 우리가 기다릴 거라고 생각했나요? 우리 아이는 크리스마스에 〈라인강의 슈톨첸펠스성〉을 칠 수 있어야 해요. 게다가 아시다시피 선생님의 수업 방식은 안 좋았어요. 그레트헨은 한 번도 두 손으로 연주를 못 했잖아요. 그런데 새 선생님이 오고부터는 너무나 잘 쳐요."

"두 손으로 동시에 연주를 할 수 있어요?" 미스 가브릴로프스키가 맥없이 물어보았다.

"호호, 그렇다니까요. 수업 방식 때문이었어요. 지금 우린 새 선생님한테 완전히 만족하고 있어요."

미스 가브릴로프스키는 물러났다. 멍한 상태로 몰러 거리를 내려와 베스텐 거리를 지나 카이저 거리로 들어섰다. 요즘에 자꾸만 멍해졌다. 그녀는 병참부가 있는 크륀예 씨 댁으로 가는 길을 서둘지 않았다. 어차피 이달 예산은 가망이 없었다. 북쪽 동네를 터덜터덜 걸어서 크륀예 씨 댁 문간에 와서

섰다. 안으로 들어오라는 말도 없었다.

"어머나." 크뢴에 부인이 말했다. "정말 말이 안 되겠네요. 육 주나 교습을 쉬다니요. 애들은 요새 반더포겔•에 들어가서 만돌린을 배우고 있어요. 아주 재미있대요. 피아노에는 영 재주가 없는 것 같아요. 우리 집 애들, 정말 말썽꾼들이에요."

미스 가브릴로프스키가 돌아선다. 배수로, 공사장, 웅덩이, 사건 현장, 2인 초소를 지나간다. 아주 느리게 걸어간다. 긴장해서 생각에 빠져 고개가 흔들린다. 뭔가 중요한 생각을 하려는데 무엇도 떠오르지 않는다. 이 세상 어디에도 그녀의 모자에 꽂을 만한 화환은 없다.

조심스럽게 석탄 마당을 지나 그녀가 계단을 올라간다. 방에는 불이 꺼져 있다. 그녀가 크라이틀라인 씨 댁의 거실에 발을 들여놓았다.

크라이틀라인 씨 식구들은 거실에 모여 있는데, 거실은 예전처럼 다시 정리가 되어 있었다. 아이의 침대를 다시 옮겼고, 빌리는 소파에 앉아 저녁으로 빵을 먹고 있었다. 털보 주인은 피아노를 밀어서 제자리에 두었고, 건강을 회복한 크라이틀라인 부인은 두 손을 포개고 서서 여자를 반가워했다.

• '철새'라는 뜻으로, 20세기 초 독일에서 만들어진 청소년들의 집단 혹은 그 집단의 도보 훈련을 뜻한다.

"어머나, 이제 돌아오셨네." 부인이 수다를 시작할 태세였다. "내가 말했어요. 조금만 더 기다려달라고, 곧 돌아온다고. 그러니까 그가 말했어요. 조금 더 기다릴 수는 있지만 오래 기다릴 수는 없습니다. 떠나기 전에 잠깐 인사하러 온 겁니다. 그래도 내가 조금만 더 기다려주세요, 라고 말했어요. 그랬더니 조금 전까지 기다려주었어요, 안 되겠습니다, 크라이틀라인 부인, 그가 말했어요. 더 이상은 기다릴 수 없어요, 이제 짐을 싸야 해요, 라고 그가 말했어요. 10시에 엘버펠트로 기차가 출발합니다. 내가 말했어요. 떠나시는지 통 몰랐어요. 온 동네가 아쉬워할 거예요. 네, 라고 그가 말하고는 환하게 웃었어요. 일이 빨리 진행되어 엘버펠트에 있는 정신병원에서 자원 의사로 일하게 되었습니다. 아주 나쁜 일은 아닌 게, 제가 병리학에 관심이 많거든요. 그런데 이제 정말 가봐야겠습니다. 미스 가브릴로프스키한테 못 만나고 가서 유감이라고 전해주십시오. 그리고 신경계통을 늘 조심하고 제대로 된 식사를 하라고 전해주십시오, 라고 그가 말했어요. 그런데 의사가 가자마자 이렇게 돌아오셨네요. 남편이 말했거든요. 두고 봐, 의사가 가자마자 어슬렁어슬렁 나타날 거야, 라고. 그 사람은 말투가 원래 그래요. 나쁘게 생각하지 마세요. 남편이 철물 기능공이잖아요. 그 사람들은 말투가 전부 그래요."

"쾨블링 박사가 왔었나요?" 여자가 힘없이 물었다. "제가 없는 동안 다녀갔나요?"

"네, 그랬어요." 크라이틀라인 부인이 대답하고는 곧 입을 닫아버렸다.

"전차를 타고 올 걸 그랬어요." 여자가 말하고는 더 이상 아무 말도 하지 않았다. 그러고는 몇 분 동안 이제는 낯설어진 방을 둘러보았다. 가스등은 덮개를 치웠고 가구도 제자리로 돌아갔고 난로에는 작은 불꽃만 남아 있었다. 거울에 파문이 일고 있는데, 여자는 그것을 이제야 보았다. 작은 거울 속에는 꽃을 단 볼품없는 모자를 쓴 불쌍한 여자가 찌그러진 모습을 하고 있었다. 시선이 마주쳤다.

빌리는 산더미처럼 많은 팬케이크를 앞에 두고 소파에 앉아 열심히 먹느라고 관자놀이가 우지끈할 정도였다. 오래 누워 있어서 아이는 전보다 살이 찌고 더 쾌활하고 건강해 보였다. 여자가 아이 곁을 스치듯 지나면서 손가락으로 머리를 쓰다듬으며 중얼거렸다. "빌리는 내 아이지?"

아이가 약간 밀쳤다. 소심하게, 방어하듯, 부끄러워하는 아이의 행동이었다. 그러고는 말없이 먹기에 바빴다.

여자는 그 자리에 서 있었다. 아무도 그녀에게 관심을 갖지 않았다. 여자의 얼굴에는 이상하게 호소하는 듯한, 멍한 표정이 나타났다가 금방 사라졌다. 그녀는 자기 방의 문을 열고 들어가 조용히 문을 닫았다. 가스등에 불을 붙이면서 성냥불에 손가락을 약간 데었는데, 이상하게 편안했다. 방은 썰렁했고, 방 안에는 고독과 죽음의 차가운 기운이 서려 있었다. 공기는 나쁘지 않았다. 조금도 나쁘지 않았다. 스컹크가 살아 있는 동안 더 나빴었다. 그런데도 숨을 쉴 수가 없었다. 여자는 창문을 열었다. 저 아래에는 석탄 마당이 마치 분수처럼 검게, 쓸쓸히 놓여 있었다. 스컹크 우리는 텅 비었다. 스컹크는 죽었고 회상록은 불태웠고 돈은 다 써버렸고, 지난 세월은 아득했다.

녹색 벽지, 그래, 처음엔 활짝 피어나다가 그 뒤 쇠약해지지. 독은 결국 창살을 두른 창문 안에서, 시꺼먼 골짜기 아래에서 죽게 만들지. 나는 당신한테 모든 걸 바쳤어. 모든 걸 당신한테 바쳤어. 방 안에서 말소리가, 계속 목소리가 들렸다. 목소리, 그리고 다시 이어지는 목소리. 아무도 귀 기울이지 않는 이 목소리 너머에는 공허뿐이었다…….

미스 가브릴로프스키가 다시 거실로 나와 크라이틀라인 식구들을 바라보았다.

크라이틀라인 씨는 피아노를 제자리로 옮겨놓았다. 그는 지금 피아노 앞에 서서 진지한 얼굴로 같은 음만 누르고 있었다. 크라이틀라인 부인은 소파에 자리 잡고 앉아 있었는데, 무거운 몸을 빨간 벨벳 위에 마음껏 펼쳐놓고 있었다. 한 손으로 빌리의 어깨를 안고, 다른 손으로는 아이의 입에 팬케이크를 넣어주었다. 빌리는 다정하게 엄마의 몸에 달라붙어서 행복에 겨워 지치지도 않고 한창 씹고 삼키는 중이었다.

"이제 우리 집안에 다시 행복이 돌아왔어요"라고 크라이틀라인 부인이 말했다. "이제 좋아졌어요. 둘째 애가 딸이면 가브리엘레라고 부를 거예요. 이건 전부 가브릴로프스키 선생님의 정성과 사랑 덕이에요. 아빠도 '피야노'에 만족해서 말했어요. 빌리야, 이제 안 배워도 돼. 그래도 괜찮아, 라고요. 우리 집 말썽쟁이 빌리는 아직도 완전히 다 나은 건 아니에요. 빌리야, 잘 먹으면 곧 다시 건강해질 거야. 네, 정말로 아름다운 저녁이에요. 전부 다 예전으로 돌아왔어요. 죄송하지만 괜찮으시면 오늘을 축하하기 위해서 '초팽'을 연주해주셨으면 해요. 스컹크가 없는 게 마음 아프긴 하지만 말이에요."

미스 가브릴로프스키가 피아노를 향해서 몇 발자국 걸어갔다. 눈앞이 컴컴했다. 그녀를 내리누르는, 계속 무섭게 심해지는 압박감에 음악이 어딘가 도움이 될지도 몰랐다. 그런데 거울을 마주 보고 서는 순간 다음과 같은 일이 일어났다. 크라이틀라인 씨 집의 식구들, 방, 그녀 자신이 점점 커지고 점점 더 또렷해지더니 가까이 다가와 마치 입체경을 돌리듯이 빙빙 돌면서 참을 수 없을 정도로 가깝고 또렷하게 모습을 드러냈다. 터질 것 같은 심한 압박감 속에서 그녀가 또렷하고 끔찍하게 마지막으로 본 것은 음식이 가득한 빌리의 둥근 뺨과 행복하게 씹고 삼키는 아이의 관자놀이 근육이었다.

그때 일이 일어났다. 그녀의 내부에서 무언가 부서져서 밖으로 나와 쏟아지고 엎어졌다. 그녀는 스스로 알지 못하는 영역으로 도주했다. 미스 가브릴로프스키는 꾸르륵하는 동물의 울음소리를 냈고 두 주먹을 휘두르고 입에서 거품을 쏟고 눈동자가 멋대로 돌아갔다. 그러다가 아이한테 쓰러져서 아이를, 잔뜩 먹고 있는 건강한 아이를 목 조르기 시작했다. 그 애는 자기 아이가 아니었다…….

크라이틀라인 씨가 그녀를 아이에게서 떼어놓았다. 부인은 공포로 비명을 질렀고, 석탄 마당에는 발소리가 들리고 창문이 열리고 사람들이 목을 내밀고 무슨 일이냐고 묻고 이웃사람이 달려왔다. 계속 비명을 지르는 집으로 경찰도 들이닥쳤고 다급하게 도움을 청하는 전화가 요란하게 울려댔다. 광분한 환자 위로 쾨블링 박사가 몸을 수그렸다. 자동차 한 대가 집 앞에 섰다. 구급대원이 무겁고 급한 걸음으로 계단을 올라와서 광기에 사로잡힌 여자의 두 팔을 뒤로 묶었다. 쾨블링 박사는 의료 시설까지 차로 따라가서 근무 중인 의사들에게 이 케이스를 넘겼다. 그럼에도 에버펠트행 기차를 놓치지는 않았다.

백화점의 야페

열일곱 살 야페 플룬트의 우둔한 성품과 의식에 불을 붙인 것은 백화점 진열창 안에 놓인 다채로운 빛깔의 실크 넥타이였다. 그해의 유행을 좇아 유난히 요란한 그 넥타이는 무척 화려했고, 여러 색깔의 줄무늬에다 황금빛 물방울무늬까지 수놓아져 있었다. 그 넥타이는 기발한 착상으로 손님들의 시선을 모으려는 단독 상품이었다. 진열창 안에 놓여 있지 않았고 판지로 만든 황금빛 풍요의 뿔•에서 쏟아져 나온 많은 상품 가운데 하나였다. 진열창의 폭 전체를 덮으며 강물처럼 펼쳐진 실크 헝겊 위에 놓인 이 넥타이는 다채롭고 화려하게

• 여신 포르투나가 들고 있는 뿔 그릇. 과일이나 꽃, 곡식 등을 담아 풍년과 행운을 상징한다.

상품의 언덕을 만든 여타의 물건들과 함께 진열되어 있었다. 어느 토요일 오후 야페 플룬트는 이 넥타이와 마주쳤는데, 마침 그는 수선한 작업화를 고객에게 배달하던 중이었다. 화려함과 불빛으로 가득한 진열창이 젊은 플룬트의 마음을 훔친 것은 조금도 이상하지 않았다. 왜냐면 야페 플룬트의 삶은 그때까지 완전히 잿빛의 뿌연 길이어서 세상에 색깔이 있다는 것을 그는 그날 저녁에 처음 발견했기 때문이다.

야페 플룬트는 지하실에서 태어나 뒷마당에서 성장했다. 머리가 크고 다리는 구루병을 앓았는데, 자신과 비슷한 아이들과 함께 놀면서 자랐다. 대부분이 그와 인척 관계로, 삼촌이나 고모였다. 당시 야페의 엄마는 열일곱 살의 비혼모로 일찍이 별로 명예롭지 못한 방식으로 그를 낳았고, 야페는 조부모의 자식들과 함께 고생하면서 자랐다. 그가 세 살 때 나이 어린 고모가 새로 생겼는데, 야페는 자기보다 더 절망적이고 보호가 필요한, 아버지 없는 이 인물과 깊은 사랑으로 이어져 있었다.

그는 지하실에서 학교를 다녔다. 학교는 낡은 잿빛 건물이었고, 그는 제대로 알아듣지 못하는 무거운 머리로 그곳에 앉아 있었다. 학교를 졸업했을 때는 꼭 필요한 지식에 대한 희미한 흔적밖에 갖고 있지 않았다. 그 뒤 그는 다른 지하실로 옮겨 가 예전과 다른 뒷마당 경치를 바라보게 되었고, 제화 수습공이 되었다. 일은 많이 했지만 잘 먹지 못했고 임금도 적었다. 하지만 그의 삶에 불빛이 전무하지는 않았다. 일요일이면 콜타르가 묻은 손을 세척용 모래로 씻고 견진성사 때 입었던 양복을 손질한 후에 그는 느긋한 마음으로 자신이 사는 동네의 가난한 골목길을 빠져나와 강가로 갔다. 강가에서 그는 이제 열세 살이 된 고모 마그다와 강둑의 마른 풀 위에 뻿뻿하게 나란히 누웠다. 그곳에는 보트, 돛단배, 증기 예인선이 있었다. 개 한 마리가 물에 뛰어들어 무언가를 물어 왔다. 낚시꾼은 강에서 불쌍한 송어 한 마리를 낚고 있었다. 집으로 돌아오는 길에는 불빛하고 요란하게 울리는 오르간 소리와 마주쳤다. 회전목마가 있었고 안개 낀 저녁 하늘에는 공중그네가 흔들렸다. 어린 수습공한테 팁으로 선심을 쓰는 고객들이 있어서 야페는 2그로셴 정도 가지고 있었다. 그 돈을 그는 마그다와 함께 유흥에 썼다. 그 뒤 둘은 속이 불편하고 덥고 갑갑하고, 알 수 없는 무언가로 사지가 울렁였다. "나중에 너하고 결혼할 거야. 두고 봐"라고 야페 플룬트는 말했다. 나중에, 라는 이 말에는 빛, 광채, 색깔 같은 것이 있었다…….

이 빛, 이 광채, 이 색깔을 야페는 백화점 진열창 앞을 지나가다가 처음으로 현실 세계에서 보았다. 그는 이 광경, 이 감정을 마음속에 담아 집으로 돌아왔다. 꿈속에서도 그의 의식은 황금빛 판자로 만든, 화려한 넥타이가 담긴 풍요의 뿔을

품에 안고 있었다.

야페 플룬트는 그때부터 제화공의 등잔 앞에 앉아 있을 때, 지하실을 청소할 때, 칸막이 안에서 잠이 들 때, 새벽 어스름에 일어날 때 생각거리가 생겼다. 저녁이면 그는 뒷마당을 빠져나와 큰길에서 지나가는 사람들 사이를 뚫고 백화점에 갔다. 하지만 화나게도 그 찬란한 상품 앞에는 이미 셔터가 내려져 있었다. 하지만 그는 꿈에서 보상을 얻었다. 꿈에서는 대형 가구 운반차가 뒷마당으로 들어와 문이 열리고 넥타이가 쏟아져 나왔다. 전부 다양하고 번쩍거리고 매끄러웠다. 야페는 달려가 그 안에서 헤엄쳤다. 따스하고, 놀라울 정도로 달콤하고 유혹적이었다.

일요일이 됐지만 야페 플룬트는 강가로 가지 않았다. 머릿속에는 넥타이와 마그다가 어둡고 알 수 없는 방식으로 함께 엮여 있었지만, 그는 마그다를 혼자 강가에 누워 있게 했다. 그는 큰길로 달려가 백화점 앞으로 갔다. 이번에는 셔터가 내려져 있지 않았다. 이 길을 지나가는 사람들을 유혹하고 들뜨게 하도록 진열창은 환하게 불을 밝히고 있었다. 이번에도 야페는 이 진열창 앞에 한참 서서 생각에 몰두했다. 거의 숨을 쉬지 않았고 엉망인 손가락으로 모자만 조심스럽게 이리저리 문질렀다. 굼뜬 그의 머리는 한 가지 생각을 지하에 있는 집으로 가져왔다.

갖고 싶다. 새롭고 멋진 생각은 이것이었다. 가진 것이 없는 열일곱 살의 제화 수습공 야페 플룬트는 그런 넥타이를 갖고 싶었고, 이제 그것은 그에게 하나의 목표이자 여정이었다. 돈에 대한 욕망은 돈을 끌어당겼다. 그는 이제 돈 버는 일을 시작했다. 그다음 주에 그는 1그로센의 팁을 세 번 받았다. 그리고 어느 날 그를 방문한 마그다가 2그로센을 빌려주겠다고 약속했다. 재산이 늘었다! 예전과 달리 현실적인 생각을 하게 된 야페는 어느 날 저녁 고객한테 갔다가 돌아오는 길에 백화점으로 갔다. 그런데 넥타이가 사라지고 없었다.

유리창 속을 들여다보던 야페는 이해가 되지 않았다. 거기에는 색도 광채도 없는 회색빛 담요가 잔뜩 쌓여 있었다. 하나에 2마르크 80페니히로, 야페가 덮고 자는 담요하고 똑같이 흉하고 형편없었다. 게다가 진열창은 회색의 뻣뻣한 울 양말을 매달아 장식했는데, 우울하고 굉장히 처량해 보이기까지 했다. 야페가 맥 빠진 심정으로 진열창에서 시선을 돌릴 때 조명이 켜졌다. 조명은 그가 관심을 두지 않은 다른 쪽 진열창들을 환하게 비췄다. 전시된 상품과 다양한 색깔, 각종 아이디어가 넘치는 환한 진열창은 어지러울 정도로 그를 압도했다.

"도대체 이게 뭐지?"라고 야페는 생각했고 무의식중에 입술이 떨리기 시작했다. 온 세상이 빙빙 돌면서 스쳐 가는 게 정신이 하나도 없는 회전목마를 탔을 때와 같았다. 그러다가 그는 어떤 광경에 마음을 빼앗기고 말았다.

실크 천에다 황금빛 다리를 가진 엄청나게 아름다운 어떤 가구에 여자들이 앉아 있었다. 현실의 여자들보다 더 아름답고, 더 강렬한 미소를 보냈으며, 반짝이는 눈, 빛나는 머릿결, 매끄러운 피부를 가졌다. 살아 있는 여자들은 아니었다. 순진한 야페는 뭔가 역겨웠다. 이 여자들 뒤에는, 여자들의 어깨 위로 몸을 숙이고 이야기를 하는 것처럼 보이는 남자들이 서 있었다. 뺨이 붉고 비단 같은 콧수염을 한 남자들로, 그들 역시 상냥한 미소를 보냈다. 제일 잘생긴 남자는 손에 장미 다발을 들고 있는데, 그의 페이크 칼라•를 보는 순간 야페는 달콤하고 강렬한 충격에 빠졌다. 바로 그 넥타이였다.

야페는 셔터를 내릴 때까지 백화점 앞에 서 있었다. 저녁에 일이 없었기 때문에 그는 어느 유대인 가정에서 보모 일을 하고 있는 마그다한테 갔다. 거기서 그는 꽤 오랫동안 석탄 궤짝에 올라앉아 마그다를 쳐다보면서 침묵했다. 이야기를 해서 자신을 사로잡은 감정에서 벗어나고, 함께 말하면서 거기서 벗어나고 싶었지만 그렇게 되지 않았다. 그는 이렇게만 말했다. "나중에 너한테도 실크 원피스를 사줄게." 그 말에 마그다

• 양복 조끼와 셔츠 사이에 착용하고 뒤쪽을 끈으로 묶는 정장용 민소매 셔츠.

는 웃음을 터뜨렸고, "너한테도"라는 말이 이상해서 얼굴을 찡그렸다. 야페는 그녀의 어깨에 몸을 숙이고 미소를 보냈는데, 밀랍으로 만든 멋진 남자가 그렇게 하는 걸 봤기 때문이다.

"나 50페니히 있어"라고 야페가 말했다. "1마르크를 갖게 되면 넥타이를 살 거야"라고 그가 말했다. 마치 장미 다발을 들고 있는 것처럼 그가 새까만 제화공의 손을 멋지게 앞으로 내밀었다. 그는 진열창 안의 젊은 남자가 되었고, 이미 그 넥타이를 가슴에 매고 있는 기분이었다. 마그다가 그를 쳐다보면서 이마를 가리켰다.

"돌았네, 돌았어." 마그다는 그렇게만 말했다.

몇 주 동안 계속 모으고, 절약하고, 거의 구걸을 하고, 궁상을 떨어서 1마르크를 모으게 되자 야페는 백화점으로 달려갔는데, 거의 기절할 뻔했다. 넥타이의 가격은 6마르크였다. 그는 할 말을 잃었다. 앞머리를 내린 퉁명스러운 젊은 여직원이 액수를 말했는데, 야페 플룬트가 더듬거리며 자신의 재산 상태를 말하자 그녀는 혼란에 빠진, 돈 없는 그의 말을 단칼에 잘랐다. 물론 더 저렴한 넥타이는 있었다. 1마르크라는 작은 액수로 살 수 있는 것도 있었다. 회전목마처럼 빙빙 돌아가는 판매대에 그런 넥타이들이 걸려 있었는데, 야페는 어지러웠다. 그것은 광채도 색깔도 없는 초라한 넥타이들로, 귀신 들린 매력으로 그를 사로잡아 그가 신중하게 선택한, 형언할 수 없는, 행운을 약속하는 단 하나의 넥타이와는 전혀 달랐다. 그런 것들이야말로 야페가 맨 처음 본 넥타이에서 느꼈던 감정이다. 그는 다른 넥타이에는 관심이 없었다. 백화점을 떠날 때 그는 어른처럼 주먹을 꽉 쥐었고, 어린아이처럼 눈물로 눈이 흐려졌다. 그는 지하실로, 칸막이 방으로, 집으로 돌아와 꿈을 꾸었다.

그 후 야페 플룬트가 꿈꾼 것은 무엇일까? 어떤 생각이 변종의 크고 무거운 그의 머리에서 움텄을까? 무엇이 그가 제화공의 등잔 뒤에 앉아 있을 때, 어느 때는 이 소년을 전율하게 하고 동요하게 하며 어둡게도 만들었다가 다른 때는 자만심에 넘치게 만들었을까? 저녁에 마그다와 함께 석탄 궤짝에 웅크리고 앉아 말도 안 되는 말로 그가 웅얼거린 것은 무엇이었을까? 그리고 진열창 앞에서 시간을 보내며 젊고 잘생긴 남자들의 모습에 정신없이 빠져 있을 때 그는 무슨 생각을 했을까? 그건 바로 어떤 일이 있어도 그 넥타이를 가져야겠다는 생각이었다. 일요일이면 그 넥타이를 두르고 진열창의 멋진 남자들과 완전히 똑같아지고 싶었다. 그 넥타이만 가지면 마그다를 마음대로 정복하고, 여자들이 모두 그에게 빠져 엄청난 모험을 경험하게 되고 그는 대단한 남자가 될 것이다. 갑자기 그에게는 계획이 생겼고, 이를 실현하기 위해 열심히, 계속 노력할 작정이었다.

계획은 단순하고 대범하고 거침없다. 오후에 일이 끝난 뒤 백화점으로 가서 상품 더미 뒤에 숨어 있다가 몰래 그곳으로 갈 작정이었다. 야페는 이미 적당한 장소를 한 군데 물색해놓았다. 밤에 거기서 나와 넥타이를 가져오면 일은 끝난다. 그런 다음 다시 숨어서 아침까지 기다렸다가 판매원들이 나타나기 시작할 때 몰래 백화점에서 빠져나오면 된다.

모든 경우를 생각해봤고 방해가 될 만한 일도 예상해봤기 때문에 작전 날은 만사가 놀라울 정도로 매끄럽고 용이하게 진행되었다. 야페 플룬트는 아무런 준비 없이 모험의 길에 들어선 것이 아니었다. 마지막 며칠 동안은 연습 겸, 좀 더 정확한 정보를 얻기 위해서 자주 백화점에 갔고, 그래서 어떻게 일이 돌아가는지 파악했다. 드디어 야페 플룬트는 어느 날 저녁 백화점으로 들어가 혼잡한 고객들 사이에 섞여 높게 말아서 세워놓은 양탄자 뒤에 숨어 영업시간이 끝날 때까지 텅 빈 백화점 안에 숨어 있었다.

마치 기둥처럼 3~4미터 높이로 세워놓은 양탄자 사이의 어두운 틈새에 야페 플룬트가 서 있었다. 공간이 좁아서 두 손은 주머니에 넣었는데, 오른손에는 자전거용 랜턴•을, 왼손에는 저녁 식사로 먹을 빵 한 조각과 소시지를 신문지에 싸서 쥐고 있었다. 백화점에서 밤을 보내기 위해 야페 플룬트는 그 정도로 신경 써서 준비했다. 졸음이 오는, 텅 빈 백화점

안의 소음은 이제 별로 신경 쓰이지 않았다. 태어날 때부터 청력이 좋지 않은 그의 왼쪽 귀는 이상하게 오늘따라 유난히 먹먹했다. 젊은 야페 플룬트는 이제 사랑니가 나오는 중이었다. 아프고 염증을 일으키고 귀찮게 하면서 잇몸에서 이가 솟아나고 있었다. 그래서 뺨이 뜨겁고 귀에서는 요란하게 쏴쏴 소리를 내며 맥박이 뛰었다. 야페는 몇 번이나 차갑고 거친 양탄자 뒷면에 얼굴을 문질렀다. 그리고 아픈 부위를 입안에서 혀로 여러 번 문질러 닦았다. 야페가 숨어 있는 곳에는 황마,•• 양모, 먼지 냄새가 났다. 천장에서 아크등이 환히 불을 밝히고 있었는데 나중에는 꺼졌다. 마감을 알리는 소리가 요란하게 들리더니 곧 조용해졌다. 그 뒤 백화점 안을 걸어 다니는 소리, 계단을 오르내리는 소리가 들리고 승강기가 휘파람 소리 같은 걸 내면서 위층에서 내려오고 중간 공간을 덮은 유리 덮개 같은 게 야페 위로 보였다. 노크 소리, 서로 부르는 소리, 천둥 치듯 진열창을 내리는 소리, 문 닫는 소리가 들렸다. 그러다가 드디어 조용해졌다. 텅 빈 건물에 완벽한 적막이 내려앉았다.

• 초기의 자전거에는 양초나 기름을 연료로 사용하는 랜턴이 있었지만 충분히 밝지 않았다.

•• 피나뭇과의 여러해살이풀.

야페는 적막을 믿지 않았다. 그는 완전히 깜깜해질 때까지 기다렸다. 그가 숨어 있는 동굴 저 위의 공간 어딘가에 아직도 흐린 불빛이 있었다. 야페는 기다렸다. 상당히 오랫동안 서서 기다리다가 그는 쪼그리고 앉아 빵을 꺼내 사랑니 때문에 불편하지만 인내심 많은 동물의 얼굴을 하고 씹어 먹었다. 그 후에, 한참 뒤에, 건강한 쪽의 귀로 그는 밖의 시청 탑에서 9시 종을 치는 소리를 들었다. 밤 9시였다. 백화점은 오래전에 문이 닫혀 텅 비고 쓸쓸했다. 목적 없이, 완벽한 어둠이 내릴 때까지 그는 기다려야 했다. 한밤중 커다란 백화점 안에는 야페 혼자서 자신이 원하는 물건과 함께 있었다. 모험을 시작할 때가 되었다.

동물처럼 냄새 맡고 경계하면서 야페가 동굴에서 기어 나왔다. 사지가 뻣뻣하고 뒤틀렸다. 눈이 무겁고 믿음이 가지 않았다. 어둠 속에서 잠시 줄무늬, 동그라미, 물결 같은 형상이 착시를 일으키며 스쳐 갔는데 그는 마치 현실인 것처럼 놀라서 바라보았다. 하지만 가만히 서서 정신을 차리는 동안 그것은 후딱 지나갔다. 한순간 그는 무척 놀랐는데, 모든 것이 너무 낯설고 기이해서 넓고 혼란스러운 이 어둠 속에서 길을 잃어 제대로 찾아갈 희망이 없어 보였다. 그는 주머니에서 급히 성냥을 꺼내 자전거 랜턴에 불을 밝혔다. 앞이 환하게 밝아졌다. 그렇게 하니까 야페에게는 적막이 더 심해진 것 같았다. 불빛은 넓은 공간에서 그를 더 작고 외롭게 만들었다. 그는 랜턴을 꽉 쥐고 생각에 잠겼다.

벽 쪽에서 어스름한 빛이 새어 나왔다. 문이 있었는데, 문마다 뿌옇고 작은 유리 칸이 옆에 있고 거기서 네모난 빛이 나오고 있었다. 흐린 비상 조명이었다. 야간 조명으로, 별 목적도 의미도 없는 장치였다. 그는 3층의 양탄자 보관소에 있었다. 넥타이는 아래층, 정문의 커다란 회전문 옆에 있는 남성복 코너에 있었다. 랜턴의 불빛을 따라 야페는 두 번 커브를 돌아 층과 층을 이어주는 넓은 계단을 내려갔다. 랜턴의 불빛이 어스름을 밝히자 그 끝에 상품들이 그의 앞에 나타났다가 다시 그의 뒤 어둠 속으로 사라졌다. 하지만 그는 보이는 물건에 별 관심을 두지 않았다. 그의 마음은 넥타이의 기적만을 향하고 있었다.

남성복 코너는 놀랄 정도로 야간 정리가 잘되어 있었다. 판매대하고 진열해놓은 상품들 위에는 흰 종이가 덮여 있었다. 접어놓은 작은 사다리도 열을 맞춰 세워져 있었다. 랜턴의 불빛이 거울에 반사되어 잠시 반사경처럼 비치다가 곧 사라졌다. 야페 플룬트는 곧장 앞으로 나갔는데, 6마르크짜리 비싼 넥타이들이 들어 있는 서랍을 잘 알고 있었다. 왼손에 랜턴을 든 채로 서랍이 열려 있는지 보기 전에 그는 오른손을 다시 한번 바지에 문질렀다. 그러자 심장이 마구 뛰고, 금방 닦은 손이 다시 식은땀으로 젖었다.

서랍은 잠겨 있지 않았다. 마치 레일이라도 깔린 것처럼 너무 쉽게 열렸다.

거기에 넥타이가 있었다.

갑자기 무겁게 느껴지는 손을 야페는 실크 물건 사이로 넣었다. 목덜미에 약하게 전율이 오고 머리카락이 곤두서는 것 같았다. 평소 야페는 두려울 때 손으로 목을 만지면 묘하게 편안한 느낌을 받았다. 실크에다 손을 댔을 때도 그랬다. "저런, 저런." 그가 혀를 치아에 대고 눌렀다.

넥타이를, 자신의 넥타이를 손에 넣자 그는 마치 살무사를 잡은 것처럼 조심스럽게 꺼냈다. 랜턴을 옆으로 치우고 넥타이를 매보려고 했는데 잘 안 되었다. 평소에 셔츠가 없는 그는 실크가 목에서, 좀 지저분한 그의 목에서 미끄러지고 사각대는 것 같았다. 몇 분 동안 뻣뻣하게 서 있는데 불편하고 낯선 느낌이었다. 그러다 퍼뜩 거울이 생각나서 랜턴을 집어 들고 거울 앞으로 다가갔다. 요란한 빛을 받으며 그의 커다란 머리가 거울 속에 나타났다.

넥타이는 아름다웠다. 의심의 여지가 없었다. 넥타이는 훌륭하고 번쩍거리고, 그 자체로 빛나면서 색들이 유희하는 것 같았다. 야페한테 잘 어울렸다. 그의 머리는 뜻밖에도 고상하고 어른스럽게 보였다. 그런데 페이크 칼라가 없었다…….

야페는 한숨을 쉬었다. 무슨 일인지 알 수 없었다. 그는 환멸이라는 걸 아직 몰랐다. 작고 차갑고 몰래 끼어드는 그 감정, 바라던 것이 이루어지는 소유의 순간에 빠져드는 이 미세하고 내적인 감정을 그는 아직 몰랐다…….

그에겐 페이크 칼라가 부족했다. 누가 뒤에 서 있는 것처럼 야페는 급히 주변을 둘러보았다. 이제 그는 넥타이를 손에 넣었고, 넥타이는 그의 소유였다. 다시 양탄자 동굴로 들어가서 아침이 올 때까지 기다리는 일만 남아 있었다. 야페는 열어놓은 넥타이 서랍을 닫았다. 눈에 띄는 것은 전혀 없었다. 그는 불이 켜진 랜턴을 집어 들었다. 페이크 칼라가 필요했다.

야페는 잠시 내면의 둔탁한 목소리와 대화를 나누었다. 그런 다음 랜턴을 내려놓았다. 다시 떨리기 시작한, 땀에 젖은 손을 다시 한번 닦고 그는 페이크 칼라를 찾기 시작했다. 귀에는 쏴쏴 소리가 더 심해졌다. 어디선가 양탄자를 두드리는 소리가 나는 듯했다. 불빛은 불안하게, 가늘게, 거의 당당하게 비치고 있었다. 야페는 급해져서 장을 열고 이 서랍 저 서랍을 열어보았다. 들어 있는 물건들을 보자 그는 놀라고 정신이 나가 미소를 지었다.

'엄청나네. 없는 게 없어'라고 그는 생각했고, 잠시 뒤에는 아주 큰 소리로 말했다. 그는 명료하고 외로운 자신의 말소리에 깜짝 놀랐다. 상대적으로 단순하고, 별것 아닌 물건부터 시작했다. 셔츠 단추, 양말 밴드, 바지 멜빵. 그다음은 더 쉬웠다. 열어놓은 서랍에는 머플러가 넘쳤고, 나비넥타이, 넥타이, 그리고 그 위에는 무엇인지는 알 수 없지만 실크로 만들어져 매끄러운 물건들이 계속 쌓여 있었다. 야페는 접어둔 사다리를 가져와 맨 위 칸을 조사해보았다. 거기에는 페이크 칼라가, 수없이 많은 페이크 칼라가 쌓여 있었다. 빳빳한 것, 부드러운 것, 탄력 있는 것, 깃이 높은 것, 낮은 것, 폭이 넓은 것, 좁은 것, 모두 다 새것으로 거의 푸른빛이 도는 흰색이었다. 야페는 한 꾸러미를 꺼냈는데 그가 집어 들 때 하얀색이 더러워졌다. 손바닥으로 문지르자 더 지저분해졌다. 그래서 서랍에다 다시 내동댕이쳤다. 그 대신 보기에 멋지고 잘 맞을 것 같은 페이크 칼라 몇 개를 카운터에 올려놓았다. 더 살펴보니 타이츠도 보이고, 양말도 얇은 것, 부드러운 것, 무늬가 있는 것 등 여러 종류가 있었다. 야페는 큰 소리로 웃음을 터뜨렸다. 실크 양말이라니, 사람들이 정말 미쳤구나! 하지만 그는 한 다발을 탁자 위로 던졌다. 이번엔 와이셔츠였다. 연두색, 연보라색도 있었다. "저런, 저런, 이게 다 뭐야!"라고 야페가 말하고는 커다란 엄지손가락으로 셔츠를 눌러보니 부드럽고 따스한 살처럼 푹 들어갔다. 야페는 두 손으로 그것도 집어 올려 탁자 위로 던졌다. 와이셔츠는 얇은 리넨, 고급 삼베, 실크로 만든 것이었다. 세상에, 실크 셔츠를 입는 사람들이 정말 있구나. 줄무늬, 물방울무늬, 체크무늬도 있었다. 산처럼 쌓인 와이셔츠가 야페 앞에 놓여 있었다. 그는 정신이 혼미해서 혼자 중얼거리기 시작했다. 물건들이 그의 마음을 사로잡았다. 과거에 그를 유리창으로 차단했던, 알 수 없고 미친 듯하며 사치스러운 물건들이었다.

누더기 바지, 더러운 스웨터, 땀에 찌든 셔츠는 내버려라. 그리고 부드럽고 시원하고 깨끗하고 보송보송한 새 실크 셔츠를 몸에 걸치도록 해라. 야페는 속이 거북할 정도로 욕망에 들떴다. 온몸에 다시 전율이 일었다. 몸이 떨리고 힘이 빠졌다. 셔츠를 입고 넥타이까지 매고 다시 거울 앞에 서자 다리가, 구루병을 앓아서 약간 밖으로 휘어진 그의 다리가 떨렸다. 거울 앞에서 힐끗 쫓기듯 뒤를 돌아보니 신사복 코너의 약간 정리는 다시 회복할 수 없을 만큼 엉망이 되어 있었다. 서랍의 물건들이 쏟아져서 엄청나게 높이 쌓이고, 탁자와 서랍에 펼쳐지고 바닥에 떨어지고 귀퉁이에 널려 있었다. 펼쳐지고 구겨지고 더러워져서 손을 댈 수 없을 만큼 엉망진창이었다. 정리해보려는 미약한 시도로 쏟아져 나온 상품들 속에 두 손을 넣어서 되는대로 서랍에 집어넣다가 야페는 마치 동물들을 잘 닫히지 않는 우리에다 몰아넣은 것처럼 빽소니를 쳤다.

다음 순간은 경악이었다. 기둥 뒤에 웬 남자가 무서운 얼굴로 나타나 뻣뻣하게 꼼짝도 않고 서서 야페를 기다리고 있었다. 영겁의 시간을 두 사람은 꼼짝도 안 하고 서로 응시했다. 야페가 더 용감했다. 그 사람한테 다가갔다. 그 남자는 밀랍으로 만들어져 있었다. 야페는 마음껏 안도의 웃음을 내질렀다. 바로 그때 무언가 하얀 것이 유령처럼 날아왔다. 그것이 위협을 하고 허공에서 주먹을 흔들었는데, 눈이 없고 구멍만 있었다. 좀 떨어진 거울에서 비추는, 뿌연 야페의 형상이었다. 지치고 맥이 빠진 야페는 바닥에 앉아 쉬어야 했다.

그런데 밀랍으로 된 남자는 남성 기성복 코너의 입구에서도 손님을 맞으며 서 있었다. 두려움과 놀람이 마지막 정신줄, 마지막 압박감을 몰아냈기 때문에 그는 이제 더 이상 머뭇거리지 않았다. 그는 열과 줄을 맞춰 녹색 커튼 뒤에 걸려 있는 양복을 헤집었다. 옷걸이에서 옷을 잡아당겨 마음에 들지 않는 것은 옆으로 집어 던지고, 원하는 것을 찾았다. 마치 힘든 노동을 하는 사람처럼 그는 숨을 격렬하고 크게 내쉬었다. 양복, 코트, 모자, 우산. 벗어놓은 지저분한 옷은 한 보따리로 모아 밀어놓았다. 밀랍 남자의 화려한 모사품이 되어 야페는 그 코너를 떠났다. 하지만 다시 되돌아와 앞서 입었던 바지에서 성냥하고 저녁 빵의 나머지를 꺼냈다. 랜턴은 파르르 떨리는 하얗고 둥근 원을 만들었고, 불빛은 그의 손에서 마치 술에 취한 것 같았다. 휴식을 취하려고 그는 층계에 앉아 먹어보려고 했다. 너무 짠 싸구려 소시지의 안 좋은 맛이 갑자기 역겨웠다. 멋진 남자는 그런 쓰레기 같은 건 먹지 않을 텐데, 멋진 남자들은 대체 뭘 먹지?

야페는 비몽사몽 상태였다. 생각이 뒤죽박죽되어 있어서 제대로 틀이 잡히지 않았다. 욕망이 점점 늘어나는 걸 느꼈지만 그는 그걸 제대로 이해하지 못했다. 우산을 겨드랑에 끼고 일어나서 느릿하게 2층으로 내려갔다. 그는 아직 어린아이였다. 이제 사랑니가 나오는 열일곱 살의 야페는 랜턴을 들고 '쇼핑' 놀이를 시작했다. 순전히 재미 삼아서 장식으로 세워 놓은 초콜릿의 탑 옆에서 초콜릿 몇 개를 사서 하나를 열심히 입에다 넣었다. 달콤한 초콜릿을 입에 넣자 새 치아가 말도 못 하게 아팠다. 너무 아파서 눈물이 날 지경이었다. 그래서 화가 났다. 그는 옆에 있는 판매대의 하얀 종이를 찢었다. 저기 좀 봐. 저기 가죽 가방이 있네. 야페는 얼른 그중 하나를 마그다를 위해서 슬쩍 팔에 끼웠다. 더 앞으로 가니 귀퉁이에서 다른 코너가 시작되는데, 여성용의 온갖 장식품, 리본, 레이스, 액세서리, 이름을 알 수 없는 물건들이 진열되어 있었다. 그는 한 움큼 집어 주머니에 넣었다. 한 두루마리의 리본이 발에 감긴 그는 비틀거리며 계단을 내려갔다. 아래층에는 장신구가 넘쳤다. 금, 보석, 시계, 화려한 장신구를 잘 모르는 순진한 야페의 눈에 엄청나게 비싸 보이는 물건들이었다. 그는 열이 났다. 숨까지 헐떡였다. 목걸이에 살이 찢기고, 핀에 찔리고, 손등에 상처가 나고 손톱이 부러졌다. 마그다의 가방은 맨 위까지 꽉 차서 뚱뚱하고 무거워졌다. 마치 새끼를 밴 동물같이 거의 살아 있었다. '이제 나 전부 다 가졌어!'

하지만 생필품 코너에 들어가자 엄청난 일이 벌어졌다. 무릎이 풀린 그가 소시지, 햄, 각종 과일이 넘쳐나는 식도락의 나라 한가운데에 서게 됐을 때 몇 해를 굶주린 그는 어땠을까? 유리 덮개 아래에는 깔끔하게 놓인 맛있는 음식, 층층이 쌓인 통조림, 겹겹이 놓인 술병이, 그리고 환한 불빛 뒤의 넓은 어스름 속에는 비스킷 상자와 막대사탕, 청어절임, 야페의 상상력으로는 상상이 되지 않는 물건들이 넘쳐났다.

야페는 이곳을 격조 있게 정복하기 시작했는데, 그건 똑똑하지 못한 행동이었다. 너무 흥분해서 빨리 먹고 싶었지만, 한꺼번에 먹어치우지 않았다. 그는 자신과 음식 사이에 기다림의 즐거움을 끼워 넣었다. 이 풍성한 음식 한가운데서 그는 풀밭에서 마그다 옆에 누웠을 때처럼 뻣뻣하게 선 채로 괴롭지만 기다렸다. 그가 맨 처음에 손에 집은 것은 훈제햄도, 그를 엄청나게 유혹하는 노란 바나나 다발도 아니었다. 아니다. 이제는 까다로워진, 말할 수 없이 아름다운 넥타이의 주인이자 상상할 수도 없는 삶의 영역을 발견한 젊은 야페 플룬트, 이 야페 플룬트가 처음으로 손에 잡은 것은 병이었다. 그는 중얼거리면서 주머니칼로 병을 땄다. 입에는 뜨겁게 침이 흐르고 치아는 불타는 듯하고 목에는 갈증이 나고 귀에는 웅웅 소리가 나며 뭔가 두드리는 것 같았다. 갑자기 그는 끓어오르는 불안, 기쁨, 무의식의 바다에서 파멸로 다가갔다. 그는 병 안에 무엇이 들어 있는지 몰랐다. 병에는 '말라가 골드'라고 쓰여 있었는데, 이 '골드'라는 말은 무엇보다도 약속, 마력, 그리고 힘을 암시하는 단어였다.

한 병을 다 비우자, 갈증을 가라앉히지 못하는, 사랑니를 가라앉히지 못하는, 머리를 더 맑게 하지 못하는 불타는 이 달콤한 와인을 전부 다 몸에 쏟아붓자 그는 완전히 뻗었다. 처음에는 그의 내면에 있는 동물적인 것, 단순한 것이 솟구쳤다. 그는 히죽 웃고, 있는 대로 먹어치웠다. 먹을거리가 그의 속을 엉망으로 채웠다. 단것, 신 것, 짠 것, 훈제한 것, 기름진 것, 말린 것, 구운 것, 날것, 아무것이나 먹어치웠는데 식인종처럼 전부 다 맛이 훌륭했다. 그런 다음 그는 다시 히죽 웃고 딸꾹질을 하면서 다음번 즐거움을 찾아 걸어갔다. 굉장히 애를 써서 층계로 갔는데, 층계는 경사가 졌고 무너질 것 같은 벽으로 둘러싸여 있었다. "좋아, 취했어." 그가 자랑스럽고, 신이 나서 중얼거리며 4층으로 기어 올라갔다. 거기는 여성 기성복이 진열되어 있었다. 미소 짓는 두 여자가 층계의 끝에서 그를 맞이했는데, 한 여자는 우아하게 화장을 했고 다른 여자는 실크 나이트가운을 입고 있었다. "뭐야, 할 말 있어?" 랜턴을 두 여자 사이에서 이리저리 흔들면서 보니 두 여자가 다 매력적이었다. "아가씨들, 안녕?"이라고 그가 말했다. "우리 한번 만나볼까?"

미소 짓고 있는 두 여자 중에 아무도 대답을 하지 않자 그는 크게 웃음을 터뜨렸고, 우아한 쪽 여자의 서늘하고 매끄러운 밀랍 피부를 붙잡고 자신이 아는 온갖 음담패설을 쏟아냈다. 그러자 누군가 어디선가 킥킥 비웃는 것 같았다. 랜턴이 환하게 빛을 쏟아냈고 어딘가 나무를 두드리는 소리가 나는 듯했다. 야페는 소름 끼치게 놀랐다. 무언가 가까이, 가까이, 점점 더 가까이 다가왔다. 바로 야페 옆에, 그의 내면으로 들어오더니 안에서 밖을 향해 강하고 둔탁하게 노크를 했다. 그의 심장, 그의 머리, 그의 맥박을. 너 대체 어디 있는 거야, 야페? 너 뭘 하고 있어? 너 지금 형편없는 수습공 침대에 누워 꿈꾸고 있는 거야? 역겹고 알 수 없는 상품들이 넘쳐나는 세계 속에서, 너는 끔찍하게 낯선 모습으로 상품들, 보석들, 네가 알지 못하는 향락, 불타는 와인, 미소 짓는 실크 여자, 랜턴의 불빛 꿈만 꾸고 있어?

야페는 밀랍으로 만든 여자한테서 떨어져 불안하게 앞으로 몇 발자국 걸어갔다. 불빛 속에서 그는 어스름 안으로 들어갔다. 두 손으로 차가운 황동 난간을 짚은 그는 백화점 아래를 내려다보았다. 처음에는 어둡기도 하고 무언가 흔들리며, 형태도 없었지만 동공이 열리고 앞이 보였다. 야페 플룬트는 보았다. 그는 거기 서서 보았다. 그리고 이제야 그의 둔한 머리가 인식하기 시작했다. 그는 상품들을 보았다. 그는 이 건물을, 갖가지 수요와 무엇보다도 생활하는 데 필요한 온갖 물건이 넘치게 가득한 6층 건물을 보았다. 여기 있는 모든 것은 수천 배나 남아돌았다. 모두 다 필요를 훨씬 초과했다. 침대, 옷, 빵, 이런 것이 무엇이란 말인가? 그런 것들을 위해 우리가, 뒷마당의 우리가, 지하실 벽 속의 우리가, 가난한 골목길의 우리가 피나도록 두 손을 학대하는 이 끔찍하고 맥 빠진 생활 상품들은 대체 무엇인가? 그런데 너희는, 모든 것을 너희는 너무 많이 가졌어. 실크로 된 온갖 것을, 실크 쿠션, 실크 여자들을. 너희는 그렇다! 인생이 너희들한테는 달콤하고 기름지고 마치 버터처럼 매끄럽다. 너희들한테는 그렇다. '말라가 골드' 맛이다. 너희들, 이 돼지들아. 야페 플룬트가 이 지점까지 연설을 토해내자 양팔이 무거워졌다. 그는 앞을 노려보았다. 이제 그는 화가 났다. "뭐야, 진짜 화가 나네"라고 중얼거렸다. 그는 거칠고 사나운 동작으로 벽을 장식한 실크 인공 폭포를 아래로 잡아당겼다. 그 바람에 유리로 만든 장이 넘어지면서 쨍그랑 소리를 냈고 금실을 짜 넣은 실크 천이 떨어졌다. 야페는 부드러운 천에 휘감겨 바닥을 굴렀고 입을 크게 벌리고 소리 없이 비명을 지르다가 간신히 풀려났다. 그는 손에 닿는 것은 모두 갈기갈기 찢어서 바닥에 내던졌다. 구둣발로 밟아서 뭉갰고 침을 뱉어 온통 지저분하게 초토화시켰다. 각각의 코너가 눈에 보이는 경계 없이 서로 연결되어 있어서 화가 치솟은 야페는 여성 기성복 코너를 지나쳤고, 이제 가구와 미술품 전시장으로 다가갔다. 야페는 미술품과 유명한 그림들을 부수고 침을 뱉었다. 진짜 미술품이 아니고 대개는 예술 작품의 모방품, 세계적인 명작의 복제품, 좀 더 말끔한 삶의 영역에서 나온 쾌적하고 밝은 그림들이었다. 그중 하나에 야페의 걸음이 멈췄다. "뭐야, 완전 쓰레기네." 그것은 벗은, 완전히 발가벗고 잠이 든 여자의 그림이었는데, 그녀의 모든 것을 숨김없이 보여주고 있었다. "어이구"라고 야페가 중얼거리며 이 아름답고 긴 르네상스의 육체를 그의 내면에 뜨겁게 받아들였다. 그는 그림을 손에 들고 일어나서 들여다보았다. 눈이 이제 어둠에 익숙해졌다. 아니면 좀 더 환해진 것일까? 벌써 날이 밝았나? 그는 귀신 들린 듯한, 끔찍스럽게 흥분시키는 그 그림의 선과 색채를 엄청 자세히 들여다보았다.

한순간 야페의 영혼은(왜냐면 야페 역시 영혼이 있는 까닭에) 고도와 심연 사이에서 흔들렸다. 순간적으로 그의 영혼은 날아올라 아름다움에 푹 빠질 듯했다. 그는 조용히 서서 거의 두려워하며 그 그림을 응시했다. 하지만 그는 그렇게 하지 못하고, 추락했다. 뭔가 음담패설을 내뱉으면서 그 그림을 바닥에 내던졌다. 액자가 부서지고 유리가 깨졌다. 베누스는 다른 유리 조각과 넝마 사이에서 함께 짓밟히고 더러워졌다. 야페는 도망쳤다.

취해 비틀거리는 동안 그의 보물들은 어떻게 되었나? 밖에서는 종소리가 열두 번 울렸고 귀에서는 윙윙 소리가 들렸다. 그는 심장이 두근대고 숨이 가빠지는 와중에 그 소리를 들었다. 랜턴이 어디 있지? 외투는, 모자는, 우산은? 낚아챈 귀한 물건들과 마그다한테 줄 선물은 어디에 있지? 야페는 돌이켜보고 생각에 몰두했다. 랜턴을, 그는 우선 랜턴을 찾고 식량을, 그리고 마그다 골드 몇 병을 더 가져와 양탄자 동굴 속으로 돌아갈 생각이었다. 거기서 잠을 잘 수 있을지도 모른다. 여전히 취해서 멍하고 정신이 없었는데 심한 피로감까지 그를 덮쳤다.

랜턴은 찾았다. 친절한 두 밀랍 여자들 사이 바닥에 그대로 놓여 있었다. 여자들의 하얀 몸은 굳어 있었다. 랜턴은 그들을 투사하며 멀리 벽에다 하얀 원을 만들고 있었다. 그 모습이 마음속에 불을 붙여 지옥의 불길 속에서 활활 타오른 야페는 나이트가운만 걸치고 있는 여자의 매끄러운 피부를 만져보았다. 서늘하고, 죽은, 숨을 쉬지 않는 그 모습이 그를 두렵게 했다. 그는 눈꺼풀을 치켜뜨고 바라보았다. 위쪽 저 멀리에 움직임이 없는 석고의 하얀 랜턴 불빛만이 있었다. 그의 뒤에는 미소를 보내는 두 개의 밀랍 유령이 있었다. 그 외에는 아무것도 없었다. 온통 적막뿐이었다. 마술에 걸려 경직직전처럼 온 세상이 움직이지 않았다. 아니다. 움직임이 전혀 없는 것은 아니었다. 6층 어디선가 무언가 살아 있는, 사람 숨소리 같은 게 나면서 적막을 뚫고 모든 것이 무시무시하게 바뀌었다.

그때 멀리 떨어진 벽에서 하얀 불빛이 움직였다. 야페의 랜턴은 제자리에 놓여 있는데, 저쪽에서 불빛이 움직였다. 처음에는 눈에 띄지 않았지만, 곧 그쪽에서 알 수 없는 일이 일어났다. 하얀 원을 그리는 불빛이 비치더니 타원이 되어 일그러지고 커졌다가 작아지고, 두 번째 불빛이 나타났다. 이 두 번째 불빛이 벽을 따라 점점 더 다가왔다. 뚜벅뚜벅 발소리를 내고 숨소리를 내고 웅얼거리면서 다가왔다. 드디어…….

경비원은 9시에 첫 번째 순찰을 돌았다. 그리고 자정에 두 번째 순찰에 나섰는데, 백화점 6층에 있는 시간기록계에다 순찰 확인 표시를 하기 위해서였다. 그는 연료 탱크가 있는 3층 저장소 후면에 위치한 따뜻한 경비실을 나왔다. 추워하면서, 상이군인이라 약간 절름거리면서 평상시처럼 순찰을 돌았다. 반은 졸았는데, 이상한 일은 하나도 없었다. 남성복 코너에서 흰 종이가 찢겨 떨어진 것을 보고 잠시 멈칫했는데, 계속 걸어가면서 살펴보니 야간 정리 상태가 이상하게 엉망이었다. 기둥 뒤에서는 더럽고 낡은 옷더미가 발견되었다. 생각을 전후로 가다듬어보니 위에서 달그락 소리가 들린 것 같았는데, 4층에 도둑이 든 듯했다. 경비원은 근무용 리볼버의 안전장치를 풀고 조심하면서 천천히 위층으로 올라갔다. 자정이 지나고 팔 분 후 경비원은 임무에 따라 안전장치를 푼 권총을 오른손에, 전기 손전등을 왼손에 들고, 별나고 끔찍스러운 삶으로 가득한 그림자를 전방에 던지면서 우리의 야페 쪽으로 다가갔다.

"뭐야, 꼼짝 마. 야, 거기서 뭐 하는 거야?" 두 밀랍 여자 사이에 뻣뻣하게 누워 있는 야페를 보자 경비원이 소리쳤다. 야페는 입술을 움직였지만 완전히 마비된 상태여서 한마디도 대꾸할 수 없었다. 경비원은 쉰 듯하고 굉장히 놀란 목소리였다. 이내 두 사람은 서로 마주 보며 서 있었다. 약 오 분 동안. 충돌 직전, 영겁의 시간이었다.

그러다가 갑자기 일이 벌어졌다. 경비원이 한 발 앞으로 나와서(단지 경고하려는 의도로) 작고 검은 총구를 내밀었다. 깜짝 놀란 야페는 자전거 랜턴을 집어 들어 미치광이의 완력으로 내리치듯 휘둘렀다. 랜턴하고 총 위에 엎어진 경비원은 이내 조용해졌다. 야페의 랜턴은 부서졌고, 사방이 깜깜해졌다. 랜턴의 유리 파편에서 연기를 내뿜으며 카바이드의 역한 냄새가 사방에 퍼져 백화점 6층까지 가득 채우고, 아크릴로 만든 여신 포르투나가 보물들을 뿌려놓은 천장까지 솟아올랐다.

12시에 경비원은 측면 출입구에 있는 시간기록계에 확인을 찍었고, 삼 분 후에는 비누와 세제 창고 옆에서 두 번째로 확인을 찍었다. 12시 7분에는 남성복 코너의 순찰 지점을 원칙대로 순찰했다. 그리고 12시 15분에 여성복 코너에서 얼굴을 바닥에 대고 죽었다.

야페는 한참 동안 그것을 믿지 못했지만, 사실이었다. 경비원은 끈질기고, 단말마적인, 거의 기분 나쁜 방식으로 숨을 멈췄다. 그는 항상 조용한 사람으로, 그런 기질에 따라 직무상 점점 더 조용해졌다. 야간 경비원, 상이군인, 가난한 동네의 주민, 야페처럼 뒷마당과 지하실의 주민, 불쌍하고 미미한 존재, 하지만 그 역시 인간이었다. 어머니의 아들, 여자의 남편, 아이의 아버지, 숨 쉬고, 웃고, 울고, 싸우고, 의무에 충실한 사람의 용기와 피조물의 두려움을 가진 자, 알 수 없는, 살아 있는 자의 멋짐, 슬픔 등 많은 능력을 부여받은 자, 조금 전까지 그는 그런 존재였다. 하지만 이제 그는 한 더미의 무기물, 물질, 백화점에 쌓여 있는 생명 없는 물건들 사이에 놓인 하나의 물건에 불과했다…….

실패한 인간, 이음매에서 밀려난 쓰레기 같은 인간 야페는 시체에서 좀 떨어져 오그리고 앉아 있었는데, 무슨 상황인지 전혀 이해되지 않았다. "무슨 일이지?" 그는 몇 번이나 중얼거렸고, 아무 대답도 없자 마치 전부 장난인 것처럼 소심하게 미소했다. 후회는 없었고, 동정심도 없었다. 아직 그는 그런 명확한 감정에 이르지 못했다. 굉장히 피곤할 뿐이었다. 끝없이 잠을 자고 싶은, 잠들고 싶은, 밤의 연무와 아침의 어스름 속 차가운 그의 칸막이에서, 수습공의 형편없는 침대에서 잠을 깨어 일어나고 싶은 소망과 희망뿐이었다. 그는 밀랍 여자의 나무다리에 머리를 기대고 눈을 감았다. 살해된 남자로부터 세 발자국 떨어진 곳에서 야페는 잠이 들었다. 아무튼 그는 한참 동안 아무것도 모른 채 완전히 멍한 상태였는데, 그것은 그 상황에서 엄청난 안도감, 은혜, 진정한 은총이었다. 꿈도 꾸지 않고, 참을 수 없는 그 상황에서 그는 인간의 본성을 보호해주는 이 마비의 상황을 누렸다.

하지만 이 꿈, 혹은 이 무의식의 심연에 무언가가 나타났다. 마치 잠자고 있는 야페에게 저 밑에서, 영혼의 밑바닥 미지의 영역에서 어떤 명령이 전해진 것 같았다. 그는 잠에서 깨자 무슨 일이 일어났는지 정확히 파악을 했고, 주저 없이 행동을 시작했다.

그는 극히 이상했다. 마비 상태이자 동시에 많은 선물을 받고 깨어난 것 같기도 했다. 머리에는 취기가 여전히 남아 있었고, 위는 알 수 없는 음식들로 가득했다. 폐는 부서진 랜턴에서 나오는 카바이드 가스로 채워져 있었다. 치통이 점점 심해지며 입에서는 악취가 진동했다. 이상하게 메스껍고, 비참하고 처량했다. "제기랄, 처량하네"라고 혼자 중얼거렸는데, 그 말에 기분이 굉장히 좋아졌다. 그렇다. 지금껏 절망적인 처지였던 야페 플룬트가 거짓말처럼 짜릿짜릿하게 즐겁고, 꿈을 꾸는 것 같고, 신이 났다.

하지만 이것은 명령이었다. 그의 영혼은 심연과 무의식 속에서 그 명령을 받아들였다. 그는 먼저 자기가 한 짓을 은폐해야 했다. 파괴된 것을 다시 한번 파괴해야 했다. 경비원이 불행하게 큰 사고를 당한 것으로 만들어야 했다. 말하자면 백화점에 불이 나서 타 죽은 것으로 꾸며야 했다. 아, 여러분은 불행한 상황에서 그것이 야페의 마음을 즐겁고 기대에 넘치게 한 것에 놀라지 마시라. 저 밑바닥에 있는 파괴의 욕망 중에서도 맨 마지막 바닥은 아무도 모른다. 백화점이 저기 있다. 물건이 가득한 6층 건물, 홀이 세 곳, 계단이 여섯 군데, 승강기가 두 대, 지하실은 빼더라도 창고, 연료 저장소, 그리고 차가 여러 대, 난방 및 환기 시설, 본질 대신 편리함을 우선하는 이 시대의 각종 시설물이 넘쳐난다.

그리고 여기 다른 쪽에 야페 플룬트가 있다. 처량하고 우둔한 젊은이, 적수, 훔친 바지 주머니에 작은 성냥갑이 들어 있는 정복자가 있다. 깜빡거리는 작은 첫 번째 불꽃은 어스름 속에서 나타났다가 금방, 맥없이 꺼져버렸다. 두 번째 불꽃은 꽤 환한 기운을 가지고 있었다. 하지만 작고 초라하고 제대로 타지 않는 불꽃을 일으켰다. 그래서 야페는 일을 다른 방식으로 시작해야만 했다. 좀 더 신중하게 생각해야 하고, 엄청난 객관성도 필요해서 잠은 깼지만 동시에 마비가 풀리지 않은 그의 두뇌는 특별히 열심히 활동해야 했다. 이제 그는 바쁘고 부지런히 움직였다. 아주 열성적으로 일하면서 이리저리 뛰어다니고 계단을 내려갔다가 부드러운 양탄자를 밟으며 다시 달려왔다. 그는 전부 모아서 쌓아 올리고 들여다보고 내던지면서 장작더미를 부지런히 만들었다. 종이, 판지, 나무로 만든 물건들까지 태울 것은 얼마든지 찾을 수 있었다. 야페는 죽은 경비원의 무거운 육체를 얇은 천으로 말았는데, 조금도 무섭지 않았다. 내면 깊숙이 굉장히 이완되는 것 같고, 불편하고 기이한 충동 가운데 구원, 일종의 해방을 느꼈다. 이제 그는 아무것도 두렵지 않았다. 그는 산을, 피라미드를 만들었다. 그 한가운데 제일 깊은 곳에는 살해된 사람이 놓여 있었다. 마지막으로 그는 비누 창고에서 찾은 테르펜틴• 한 병을 가득 부었다.

이번에는 성공이었다. 첫 번째 불꽃이 마치 검처럼 길고 뾰

• 소나무 줄기를 벗겼을 때 흘러내리는 끈끈한 진액으로, 도료로 쓰인다.

족하게, 쉭 소리와 함께 높이 솟았다. 야페는 난간에 기댄 채 이 구경거리를 즐겼다. 너무 만족스러워서 온몸이 전율을 일으키고 사지가 풀렸다. 그의 내면에 무슨 일인가 일어났다. 그는 춤을 추고 소리를 지르지 않을 수 없었다. 입을 있는 대로 크게 벌려 소리쳤고, 머리를 목이 넘어가게 젖히고 양팔을 흔들고 높이 도약하듯 무릎을 뻗쳤다. 더 이상 자신을 통제할 수도, 불길을 통제할 수도 없었다. 단지 지금은 너무 크지 않은 불을 여성복 코너에 옮겨 붙이고 그런 뒤에 양탄자 동굴 속에서 날이 밝기를 기다렸다가 달아날 생각이었다. 하지만 생각처럼 되지 않았다. 불꽃이 사나워졌고 야페 역시 마찬가지였다. 그는 울부짖고 노래하고 구루병자의 머리를 발작적으로 이리저리 흔들었다. 불꽃은 솨솨, 치익치익, 따따따 소리를 내면서 타올랐고, 불이 붙은 순찰용 종이 불더미에서 타다가 불꽃을 터트렸다. 수직으로 마치 군대처럼 불꽃이 튀어나와 야페가 그을릴 정도였다. 불꽃은 파랗고 노랗고, 머리, 얼굴, 수염이 있었다. 연기에서 나오는 검은 불기둥이 유리 천장에 닿을 정도였다. 저길 봐, 밀랍 여자들까지 춤을 추네. 열기 속에서 여자들이 살아나서 구부러지고 휘어져 유령처럼 사지를 비틀며 녹아내렸다. 그들은 벌겋게 달아오르더니 하얀 불꽃에 뒤덮인 채 바닥으로 흐르듯 쓰러졌다. 불길은 점점 더 솟아올라 난간에 걸린 양탄자로 옮아갔고, 불덩이를 계속 더 멀리, 더 위로 내뿜었다. 곳곳을 뒤덮으며 양탄자를 따라 아래로 위로 탁탁, 우당탕 소리를 내며 번져갔고, 사방에서 튀어나오는 불꽃은 가운데로 옮아갔다. 야페는 도망쳤다. 불길이 그를 따라오면서 가까이 오는 게 느껴졌다. 머리카락, 눈썹, 속눈썹이 그을었고 피부는 탄 자국과 물집 천지였다. 이제 치통은 완전히 사라졌다. 몸이 불타면서 그는 파멸이 불러오는 넘쳐흐르는 끝없는 행복감에 휩싸였다. 1층부터 4층까지 사방이 불길에 덮여 바닥이 퍼렇게 녹아 움직이고, 아래에서는 엄청난 굉음이 났다. 기이한 것은 불이 강물처럼 넘치는 가운데 이상한 침묵과 평온함이, 일종의 고요와 적막이 이 광란 속에 흘렀다는 점이다. 그러더니 불에서 노래가 흘러나왔다. 그렇다. 불이 타면서 노래하는 것이 있었다. 들보, 금속, 생명의 찌꺼기를 간직하고 있는 물건들이 세상에서 사라지며 노래를 부르기 시작했다. 이제 백화점은 지옥 이상이었고, 연기와 증기가 없어지면서 불길이 공기를 모두 삼켜버려 더 이상 숨을 쉴 수 없었다. 불이 붙은 잔해 때문에 질식할 것 같았다. 여기저기에 상처를 입은 야페는 위로 올라갔다. 무의식적인 탈출의 충동으로 그는 계속 위로 올라갔다. 불이 그를 따라왔고 위에는 연기가 천장에까지 까맣게 가득했다. 일분간 야페는 마음속으로 불을 꺼보려는 생각을 했다. 그래서 정신없이 주변을 둘러보았지만 연기 때문에 눈이 잘 안 보여서 거의 아무것도 볼 수 없었다. 어떻게 화재경보기의 유리를 찾아내게 되었는지 자신도 알 수 없었다. 아무것도, 더 이상 아무것도 알 수가 없었다. 주먹으로 그는 유리를 부수었는데, 상처가 난 것도 피가 흐르는 것도 느끼지 못했다. 불길이 그를 끝으로, 맨 구석으로 몰아갔는데, 거기에도 미쳐 날뛰는 불이 그를 향해 돌진해왔다. 엄청난 소음과 더불어 건물의 유리 덮개가 둘로 갈라졌다. 불타는 심연으로 포르투나가 떨어졌고, 불길과 연기가 건물 위의 밤하늘 속으로 퍼져갔다.

도시가 밝아지고 유리창도 환해져서 잠자는 시민들을 잠자리에서 깨운다. 사이렌이 울리고 자동차가 질주한다. 망치로 셔터를 부수고, 사다리를 세우고, 불길 속에서 물과 탄산이 치익 소리를 낸다. 소방대원들, 공공의 안전을 떠맡고 봉급이 시원치 않은 갈색 제복의 말단들이 죽음을 불사하고 불타는 백화점으로 뛰어든다. 살아 있는 소방관 스무 명, 서른 명, 마흔 명이 구하려고 나선다. 무얼 구하지? 가구 창고, 통조림, 지하실과 창고의 죽은 물건들을…….

불길은 제 갈 길을 간다. 약간 부서진, 불연의 시멘트 기둥을 거쳐 건물 밖으로 나가 길을 건너고 광장을 지나고 안마당을 넘어 계단을 부수고 공포로 가득한 도시에다 불탄 자국을 남긴다. 창백하지만 업무상 지을 법한 얼굴로 시장이 널찍이 차단해놓은 화재 장소에 나타난다. 도시의 하늘이 붉게 불타고 있다…….

야페는 6층에서 철조망에 달라붙어 있다. 그의 위로 붉게 불타오르는 하늘이 있고, 뒤에는 고통과 파멸이 있다. 그것을 그는 철조망이 넘어지면서 바닥으로 떨어져 불에 탄 손을 놓기 전 마지막 눈길로 보았다. 그 순간 불이 4층 홀까지 올라왔다. 연료 탱크가 터지고, 폭발의 엄청난 충격이 모든 것을 무 속으로 내던졌다.

비키 바움, 20세기 초반의 신여성

1

사후에 출간된 회고록 《모두 전혀 다르다》에서 비키 바움은 농담하듯 자신을 '이류의 일류 작가'라고 부르고 있다. 그녀는 자신의 작품이 '진지한 문학'으로 인정받지 못하는 것에 실망했지만, 20세기 초반까지 일반적으로 여성 작가는 어느 나라에서나 대중작가, 통속작가로 폄하되기 일쑤였다. 바움은 선구적인 전업 작가로, 창작이 생계와 긴밀하게 연결된, 상업주의와 매스컴의 영향을 강하게 받는 현대 작가의 등장을 예고한다. 바움은 광고 모델로 등장하기도 했다.

2

비키 바움의 본명은 헤드비히 바움으로 1888년에 오스트리아 빈의 부유한 유대인 가정에서 출생했다. 아버지는 괴팍한 성격으로 가부장적이었고, 어머니는 오랫동안 정신과 치료를 받았다. 아버지는 비키를 빅토르라는 사내아이 이름으로 부르면서 엄하게 양육했고, 마음에 드는 행동을 하면 돈으로 보상했다. 바움은 아버지의 이 교훈이 훗날 자신이 자립적인 생활인으로 성장하는 데 도움이 되었다고 말한 바 있다. 1904년에 빈 음악원을 졸업한 후 바움은 하프 연주자로 활동을 했고, 빈 교향악단에서 팔십여 명의 단원 중 유일한 여성 연주자로, 적어도 일주일에 한 번 솔리스트로 무대에 올랐다.

바움은 1906년에 저널리스트인 막스 프렐스와 결혼했다. 남편의 집필을 도우면서 저널리스트로 활동을 시작했고, 남편이 바움의 단편들을 (자신의 이름으로) 문학지에 보낸 것이 계기가 되어 작가로 등단했다. 1911년 초에는 지휘자 브루노 발터의 초청으로 구스타프 말러의 〈대지의 노래〉의 뮌헨 초연에 참가했다. 하지만 막스 프렐스와의 결혼 생활은 어려움을 겪었고, 1913년에 이혼하고 독일 다름슈타트 궁정 극장에서 하프 연주자, 음악 교사로 활동했다. 어머니의 치료비 마련을 목적으로 썼다는 첫 장편 《어린 시절의 그림자, 유년 시절의 종말》은 1914년에 출간되었는데, 이때까지도 바움은 스스로를 작가로 생각하지 않았다고 한다.

바움은 1916년에 다름슈타트 궁정 극장 제2의 지휘자인 리하르트 레르트와 결혼해 1917년과 1921년에 아들을 출산했다. 레르트의 두 여동생이 바움의 하프 수강생이었다. 바움은 제1차 세계대전 중에는 잠시 간호사로 일했고, 당시로서는 특이하게 복싱 클럽과 헬스클럽에 다녔다고 한다. 남편은 1919년에 하노버의 프로이센 궁정 극장으로 자리를 옮겼고, 헨델 오페라의 현대적인 연출로 주목을 받았다. 그러는 동안 바움은 울슈타인 출판사와 세 편의 소설을 계약하고 정식 작가로 발돋움했다. 이후 인기 작가로 자리매김하게 되었는데, 《무대 입구》(1920)는 8년 동안 무려 14만 부 이상이 판매되었다. 《이나 라파이의 춤》(1921) 이후 바움은 게이 남성들에 큰 관심을 가졌다.

〈굶주림〉은 1922년 바움이 서른네 살 때 발표한 소설로, 아직 작가로서 본격적인 주목을 받기 전의 작품이다. 바움처럼 유대인으로 추정되는 피아노 교사 미스 가브릴로프스키가 주인공이다. 비소의 독이 걱정되는 녹색의 방에서 약혼자의 선물인 스컹크와 살고 있는 그녀는 지독한 가난과 외로움 속에서 잠시 행복을 꿈꾸지만 그것은 무참하게 파괴되고 만다. "숨을 쉴 수가 없었다. (……) 스컹크는 죽었고 회상록은 불태웠고 돈은 다 써버렸고, 지난 세월은 아득했다." 또한 철물공 크라이틀라인의 가정이나 미스 가브릴로프스키가 피아노 레슨을 하는 가정 등으로 대표되는 당대의 이른바 '건강한' 시민 계층에 대한 거리 두기를 보여준다. 셋집 주인 부부의 아들 빌리의 천진스러운 먹성은("산더미처럼 많은 팬케이크를 앞에 두고 소파에 앉아 열심히 먹느라고 관자놀이가 우지끈할 정도였다") 미스 가브릴로프스키의 굶주림과("침대에 누워 굶는 날이 점점 늘어나고, 그녀의 환각은 더 심해진다") 대비되어 기괴하기까지 하다.

1924년에는 소설 《난장이 울레》가 출간되었고, 토마스 만의 극찬을 받은 〈길〉도 이때 발표한다. 여기서는 가난 속에서 고된 인생행로를 걸어가는 주부의 삶이 이야기된다. 친칸 부인은 아름다운 옷장을 갖고 싶다. 옷장은 "누가 봐도 너무 작고 오래전부터 용량이 넘쳐서 더는 사용할 수" 없기 때문이다. 하지만 빗속을 돌아다니면서 그녀가 구한 것은 마음에 들지 않는 중고 옷장이다. 그녀의 일생은 가족을 위한 노동의 연속이다. "장바구니를 들고 오늘 값싼 생선이 나오는 시장으로 간다. 가득 든 무거운 장바구니를 들고 서둘러 집으로 돌아와서는 (……) 음식을 한다. (……) 블라우스를 다림질한다. 다시 음식을 한다. (……) 저녁에 먹을 빵을 준비한다." 한참을 헤매다가 갖고 싶은 옷장이 경매에 나온다는 걸 알게 되지만 비를 맞은 탓인지 심한 감기에 걸려 앓아눕게 된다. 감기를 얻고 일주일 만에, 옷장이 집에 배달되어 들어오는 날 세상을 하직하는 건 "삶이라는 협소하고 미비한 감옥에 갇히고" 만 친칸 부인을 떠올려봤을 때 의미심장하게 다가온다.

3

주간잡지《베를리너 일루스트리르테 차이퉁》을 소유한 울슈타인 출판사의 전속 작가가 된 바움은 출판사의 세련된 마케팅으로 여성 독자들의 마음을 사로잡았다. 1926년부터 1932년까지 소설 다섯 편이 여기에 연재되었는데, 1928년에 발표한《화학도 헬레네 빌퓌어》가 큰 성공을 거두었다. 이른바 '신여성'이 주인공인 이 소설은 1931년까지 약 10만 부가 팔렸는데, 남성 중심의 사회에서 사회 활동을 하는 여성의 자의식을 보여주는 한편 미혼모, 낙태 문제 등을 여론화하고 있다. 독일어권에서 신즉물주의라고 불리는 사실주의 소설로, 강하고 독립적인 신여성을 보여주는 한편 멜로드라마적인 사랑 이야기가 성공적으로 배합되어 있다.

1924년부터 바움은 수년간 만하임에 거주했고, 1929년에 남편이 베를린 국립 오페라단의 음악 감독이 되자 베를린으로 이주했다. 당대 유행의 중심지인 베를린에서 베스트셀러 작가이자 유행을 선도하는 신여성, 독립적인 여성으로 각광받았다.

1929년에는 베를린의 최고 호텔 투숙객들의 삶을 보여주는 대표작《그랜드 호텔》이 출간되었다. 3개월 만에 완성했다는 이 소설로 바움은 국제적인 명성을 얻게 되었다. 이 소설은 1930년에 베를린과 브로드웨이에서 연극 무대에 올랐고, 그레타 가르보, 존 배리모어, 조앤 크로퍼드 등의 대스타들이 출연하는 영화로도 만들어져 1932년 오스카 영화제에서 최우수 작품상을 받았다. '호텔 소설'이라는 새로운 장르의 선구적 작품이 된《그랜드 호텔》에서 호텔은 다양한 계급과 배경을 가진 사람들이 서로 만나 상호 작용하는 곳이다. 같은 해에 바움은 수영 강사가 주인공인《프라우엔제 호수의 헬》을 발표했다.《그랜드 호텔》의 성공으로 바움은 뉴욕 더블데이 출판사의 초청을 받아 미국을 방문해 몇 주 동안 홍보 투어에 참가했다. 잠시 독일을 방문하기도 했지만 유대 혈통의 바움은 곧 미국에 영구 정착했다.

경력이 절정에 올랐을 때 발표한 〈백화점의 야페〉(1931)는 아이러니하게도 자본주의 밑바닥에 있는 야페가 주인공이다. 열일곱 살의 제화 견습공 야페는 백화점에 진열된 화려한 실크 넥타이에 마음을 뺏긴다("야페 플룬트의 삶은 그때까지 완전히 잿빛의 뿌연 길이어서 세상에 색깔이 있다는 것을 그는 그날 저녁에 처음 발견했기 때문이다"). 하지만 지하실에서 태어나 뒷마당에서 성장한, 미혼모의 아들인 그는 한밤중에 백화점에 숨어들었다가 넘치는 물품 더미 속에서 불길 속으로 사라진다. '풍요로운' 현대 소비사회의 뒷모습이다.

바움은 1932년에 할리우드로 이주해 영화 시나리오 작가로서 장기 계약을 맺었고, 남편은 패서디나 심포니 오케스트라의 지휘자로 임명되었다. 그녀는 10여 년 동안 파라마운트, MGM의 전속 작가 혹은 프리랜서로 영화 대본을 썼는데, 이 분야에서는 소설만큼의 큰 성공을 거두지는 못했다.

1935년에 나치 독일에서 그녀의 작품이 추방되었고, 이후 바움의 소설은 암스테르담에서 출간되었다. 이집트, 멕시코, 중국, 발리 등을 여행하면서 2~3년에 한 편씩 소설을 발표했는데, 1937년 《발리에서의 삶과 죽음》으로 《그랜드 호텔》 이후 큰 성공을 거두었다. 뒤를 이어 《상하이 호텔》, 《완전 매진》을 발표했지만 생의 전반부만큼 좋은 평가는 받지 못했다. 1938년에 바움은 미국 시민이 되었고, 1941년부터는 영어로 글을 쓰기 시작했다.

영어로 쓴 〈크리스마스 잉어〉(1941)는 나치 독일과의 합병 전후 오스트리아의 수도 빈의 어느 평범한 가정의 크리스마스 풍경을 보여준다. 전쟁으로 구하기 어려워진 잉어를 크리스마스가 될 때까지 한 달 동안 욕조에서 키우는 가족의 이야기다. 이름도 붙여주고 아껴준 가족들은 막상 크리스마스가 다가와 잉어를 잡아야 할 때가 되자 누구도 나서지 못한다. 말리 이모는 "도시를 폭격해서 불바다로 만들 수 있으면서 너희는 작은 물고기 하나 못 죽이는 졸장부들이냐!"라고 말하면서 잉어를 잡아 만찬 자리에 내오지만, "우리가 왜 잉어를 죽였지? 말해 봐. 왜 잉어를 죽인 거야?"라고 말하며 흐느낀다. 앞서의 단편들보다 여유롭고 위트 있는 시각이 흥미롭다. 《마리온은 살아 있다》(1941), 《운명의 비행》(1947) 이후 바움의 인기는 다소 시들었다. 1953년에는 《진흙 속의 수정》, 《겨자씨》를 출간했고, 1960년 일흔두 살의 비키 바움은 할리우드에서 백혈병으로 세상을 떠났다.

박광자

휴머니스트 세계문학 027

크리스마스 잉어

1판 1쇄 발행일 2023년 12월 18일

지은이 비키 바움
옮긴이 박광자

발행인 김학원
발행처 (주)휴머니스트출판그룹
출판등록 제313-2007-000007호(2007년 1월 5일)
주소 (03991) 서울시 마포구 동교로23길 76(연남동)
전화 02-335-4422 **팩스** 02-334-3427
저자·독자 서비스 humanist@humanistbooks.com
홈페이지 www.humanistbooks.com
유튜브 youtube.com/user/humanistma **포스트** post.naver.com/hmcv
페이스북 facebook.com/hmcv2001 **인스타그램** @booook.h

편집주간 황서현 **편집** 김대일 이성근 김선경 **디자인** 김태형 차민지
조판 아틀리에 **용지** 화인페이퍼 **인쇄·제본** 정민문화사

ISBN 979-11-7087-084-5 04850
979-11-6080-785-1 (세트)

휴머니스트 세계문학

시즌 1. **여성과 공포**

001 프랑켄슈타인
메리 셸리 | 박아람 옮김

002 회색 여인
엘리자베스 개스켈 | 이리나 옮김

003 석류의 씨
이디스 워튼 | 송은주 옮김

004 사악한 목소리
버넌 리 | 김선형 옮김

005 초대받지 못한 자
도러시 매카들 | 이나경 옮김

시즌 2. **이국의 사랑**

006 베네치아에서의 죽음·토니오 크뢰거
토마스 만 | 김인순 옮김

007 그녀와 그
조르주 상드 | 조재룡 옮김

008 녹색의 장원
윌리엄 허드슨 | 김선형 옮김

009 폴과 비르지니
베르나르댕 드 생피에르 | 김현준 옮김

010 도즈워스
싱클레어 루이스 | 이나경 옮김

시즌 3. **질투와 복수**

011 폭풍의 언덕
에밀리 브론테 | 황유원 옮김

012 동 카즈무후
마샤두 지 아시스 | 임소라 옮김

013 미친 장난감
로베르토 아를트 | 엄지영 옮김

014 너희들 무덤에 침을 뱉으마
보리스 비앙 | 이재형 옮김

015 밸런트레이 귀공자
로버트 루이스 스티븐슨 | 이미애 옮김

시즌 4. **결정적 한순간**

016 노인과 바다
어니스트 헤밍웨이 | 황유원 옮김

017 데미안
헤르만 헤세 | 이노은 옮김

018 여행자와 달빛
세르브 언털 | 김보국 옮김

019 악의 길
그라치아 델레다 | 이현경 옮김

020 위대한 앰버슨가
부스 타킹턴 | 최민우 옮김

시즌 5. **할머니라는 세계**

021 도련님
나쓰메 소세키 | 정수윤 옮김

022 사라진 모든 열정
비타 색빌웨스트 | 정소영 옮김

023 4월의 유혹
엘리자베스 폰 아르님 | 이리나 옮김

024 마마 블랑카의 회고록
테레사 데 라 파라 | 엄지영 옮김

025 불쌍한 캐럴라인
위니프리드 홀트비 | 정주연 옮김